寻常阳光

程立龙 著

xunchang yangguang

中国言实出版社

图书在版编目(CIP)数据

寻常阳光 / 程立龙著 . -- 北京 : 中国言实出版社 , 2024.3

ISBN 978-7-5171-4763-3

Ⅰ . ①寻… Ⅱ . ①程… Ⅲ . ①诗集-中国-当代 Ⅳ . ① I227

中国国家版本馆 CIP 数据核字（2024）第 046152 号

寻常阳光

责任编辑：史会美
责任校对：王建玲

出版发行：中国言实出版社
　　　　　地　址：北京市朝阳区北苑路180号加利大厦5号楼105室
　　　　　邮　编：100101
　　　　　编辑部：北京市海淀区花园路6号院B座6层
　　　　　邮　编：100088
　　　　　电　话：010-64924853（总编室）　010-64924716（发行部）
　　　　　网　址：www.zgyscbs.cn　电子邮箱：zgyscbs@263.net

经　　销：新华书店
印　　刷：北京温林源印刷有限公司
版　　次：2024年3月第1版　2024年3月第1次印刷
规　　格：880毫米×1230毫米　1/32　9.875印张
字　　数：158千字

定　　价：48.00元
书　　号：ISBN 978-7-5171-4763-3

土地里扒出星辰

每一个鲜活的形象都闪耀着人性的光芒

坐在荷花之上

诗既在画里又在画外，似乎每画一笔，都有不一样的人生体验和人生感悟

偶尔缝缝人间悲喜

通过不同的点折射出面的感受，饱含浓浓的家国情怀

目录

土地里扒出星辰

坐在荷花之上

偶尔缝缝人间悲喜

最想说的几句话 (代后记) /297

土地里扒出星辰

山一样的女人

——致优秀教师张桂梅

跟我母亲的名字差一个字

写她就像写母亲

横平竖直工整地写

写母亲大多写河

写她却要写山，群山的山

二十三年前

她把自己和教鞭扔进大山

用瘦小的身躯背着山一样的梦

当山顶在她脚下蹒跚

她的白发是神女峰的峰

山中有许多折翅的女孩

她把身上的羽毛一根根拔下

插成女孩的翅膀

一千多只凤凰带着雨水飞出大山

她的笑弥散成山顶的云海

包裹她满身伤痕，23 种病痛

她没有家
却让 172 个孤儿有了家
她没有做过母亲
却成了 2000 个女孩的母亲
她没有财产
只有一座叫华坪女子高中的山

秋风和寒冬如何肆虐
并不妨碍桂花和梅花坚忍地香
就算枝头千疮百孔
深刻的皱纹也会大声朗诵：
站着是山，躺下也是山
群山巍峨，山花烂漫

2021-07-07

修鞋匠老赵

六十挂零，八旗后人，居住北京

儿时坏了一支桨
自己修不了
只能靠另一支桨
划过六十多年的风雨

一根拐杖支起路边的摊位
像小小的港湾
一艘又一艘船驶来
停靠在他弯弯的日子

每艘船航程里的伤痕
他用钉粘锉补
修复那些漂泊的无奈
用沧桑卸下沧桑
船，重新启航

船只开走后
他很想找一个小小的港湾

驻泊一下

自己这艘斑驳的老船

2019-03-29

捡垃圾的老人

老人姓李，年龄不详，籍贯不详

老人拄着拐杖

像两棵老树

经历过的风雨

霜花一样落满枝头

从哪里来到哪里去

一条狭长的路有着记载

垃圾箱是途中的站点

颤颤悠悠，每天停靠

易拉罐塑料瓶旧纸箱

像一茬茬庄稼

成全老人的收割

弯下腰的那一刻

夕阳的腰也弯了

只有被风吹乱的头发

生动成一个孤单的黄昏

2019-04-18

《上海诗人》2020 年第 1 期

家装瓦工

瓦工小季，来自陕北，三十出头

一把瓦刀走南北

向上抹天向下抹地

偶尔也抹抹自己

横是横竖是竖

天地不能偏一丁点儿

电锯电钻敲响开场锣鼓

水泥沙子簇拥着粉墨登台

今儿泥塑明天沙雕

嘴里含一个沙丘

鼻孔里有两个鼻孔

睫毛一眨，也能走石飞沙

黄河四季流在脸上

沟壑一条一条

逶迤成家乡的山脉

瓷砖与瓷砖间的缝隙

一条细长的路

走了笔直的十二年

指甲里有掏不完的窑洞

住着往事并不如风

2019-06-07

《星星》2020年第4期

空调安装工

小仝，三十岁，河北承德人

跟着阳光跟着风
从窗户进出
多高的楼
只要抓住一片云
就敢在楼外踩住四季

艳阳高照

雨从空中落下
砸在地上
溅起一股热浪
潮湿漫向避暑山庄

风一刀接一刀
砍不开厚厚的墙
却能割断他与楼内的联系
冻僵的手指
很难拧紧生活的螺丝

本想把阳光和风

送给季节以外

却发现季节里的自己

像空调的主机

总是被挂在楼外

2019-06-17

《星星》2020年第4期

跳广场舞的大妈

大妈姓赵，六十有五，退休教师

夕阳红的时候
广场就会慢慢升起来
踩着远处的天际线
舞一个晚霞漫天

握过教鞭的手
早被小孙子扯硬
无法灵活摆动节拍
腰间岁月丰富
与婀娜无关
青春偶尔也会澎湃

手中的扇子
开合着不一样的春夏秋冬
一摆，清风徐来
再摆，暖阳无限

穿过舞曲的光影

踩定一个黄昏

让天找不到黑下去的理由

就算最后的晚霞

躲进她银色的头发

一轮月亮也会升起

2019-07-18

都市磨刀人

京城老于，六十八岁，旗人之后

"磨剪子，戗菜刀"

一声吆喝
穿过五十年风雨
一条长板凳
坐的是自己的江山

一辈子磨刀霍霍
把无数个黑夜磨成白天
直到把自己磨成黄昏
满脸锈迹斑斑

胡同口的刀光剑影
只是一种场景
一块磨刀石
锻造所有的寒光和锋利
却无法斩断生活如麻

一路的叮当和吆喝

越来越轻

像刀刃划过流水

一条板凳，一辈子

2019-07-22

《上海诗人》2020年第1期

烤羊肉串的小伙

阿不都，新疆小伙，二十出头

翻过天山
已是千里之外
羊在山那边吃草
他在山这边数着白云

白云被夜空压缩成星星
散落在异乡的原野
他用竹签一粒粒串起
串成云的样子

竹签上的云无法奔跑
他用双手把它们
做成一根皮鞭
挥赶成群的青烟

烟和云簇拥一起
挡住了天山的方向
他那维吾尔的大眼睛

无法穿过

只好手握竹签

一根串自己

一根串天山

2019-07-25

《上海诗人》2020年第1期

果农老李

果农老李，盐城龙冈人，六十八岁

地里的沙土好
适合种茌梨
品相像老李出过水痘的脸
但甜，水分足

满园的梨树都是他的亲人
最好的那棵病死了
从此他把自己栽在果园
剪枝，培土，施肥
直到胸前挂满果实

他经常会想到梨花
想到三月的雨
长大的梨从不亲自摘
他不想把自己弄疼

果实被摘下后
他的腰依旧弯着

等冰冷的风钻进空旷的怀里

再一点点焐热

2019-10-13

餐厅服务员

姓杨名苹，十九岁半，陕西富平人

苹果树下
不同的羊群陪着她慢慢长大
羊咩咩一叫
树叶间便跌下阳光和月光

后来，她离开了苹果树
落在城市一家餐厅

餐厅很大
可以种很多果树
她选择一根枝头行走

城市很大
她却看不到一只活着的羊

到了夜晚
她搂着羊的咩咩声
进入梦乡

想着苹果树下的那条小河

何时让太阳和月亮一起流淌

2019-11-26

《诗林》2020年第3期

木工杨师傅

大名才明，重庆长寿人，五十七岁

几百人的宿舍

像集装箱一样摆放在工地

脸盆敲响一天的清晨

搭设混凝土支撑架

用锤子固定钢管

有时把太阳敲得滚烫

有时把河水敲得冰凉

每天在钢管和钢筋中穿行

衣服常被戳破

找片阳光打补丁

身上和手上也会破

一曲山歌能缝补

深夜的路灯

拉长他的身影

更抻长他的孤单

2019-12-06

《诗林》2020年第3期

烤地瓜的中年人

姓肖名全，三十八九，河南周口人

盛夏时节
建筑工地如一个大大的炉膛
太阳是炉火
他像被烤熟的地瓜

入冬以后
工地冰冷

脚手架缩手缩脚
守着结账前的长夜

路灯在别处明亮
他在黑暗中锯下一只铁桶
半只工地，半只自己
抹上脚下的泥巴
做个炉膛烘烤自己

街角的风特别严厉
炉火被压在炉膛之中

一堆烤熟的地瓜卖给别人

他只留下寒风中的过程

2020-01-06

《诗林》2020 年第 3 期

修车小师傅

姓苗名正，二十四岁，河北邯郸人

修车的地沟

被地平线切割在车轮下面

地沟光线不足

他负责擦拭各种修车工具

用三年的学徒时间

把自己擦亮

装卸修补轮胎

清洗节气门更换机油机滤

车辆的前机盖一旦打开

他就成了发动机的某个部分

螺丝刀钢管钳老虎钳

被他握出温度

扭力扳手开口扳手梅花扳手

扳走车的毛病

千斤顶托举过无数车辆

唯独顶不起他生活的分量

工作服上污垢很厚
常常挡住阳光
风却可以来回穿梭
汗水和雨水在里外各自流淌

日子久了，地沟里
仿佛有一条汗水积聚的河

2020-01-12

《诗林》2020 年第 3 期

大货车司机

司机姓严，四十挂零，退伍军人

一脚油门一脚刹车

穿越千山万水

方向盘向左一夏向右一冬

上面落满日月星辰

驾驶室高高在上

每天都有攀爬的劳动场景

狭小的空间栽种出的柴米油盐

比盛夏热比寒冬冷

后车厢很大

却装不下山一样的生活

超出山体的部分

大多是被提取以后的收成

路上的阳光总是很短

把夜抻得很长

打开车灯

看得到前方，看不见远方

方便面泡不出家的味道
香烟才是一路的亲人
把黑夜抽成白天
身上的烟味就是行驶的里程

十年，走过一百五十万公里
几十米的家
不在身后就在前方

2020-01-17

《诗林》2020 年第 3 期

眼科医生

姓李名文亮，湖北人，享年三十四岁

又明又亮的眼睛

总能看到别人看不到的事物

比如，飞在天空的蝌蚪

潜入水底的蝙蝠

只治疗眼睛的疾病

不治疗眼神

至于心肺

别人的和自己的，都治不了

成为病人之前

心肺正常

后来医生的白大褂越来越白

直到整个世界被风雪覆盖

雪地里

他那颗心一直在跳

鲜红的

2020-02-07

他把婚礼带上天堂

武汉江夏一院医生彭银华，九〇后

新郎官是穿白大褂的

喜欢白色

大红请柬在抽屉里放成白色

正月初八的婚期是白色的

新房像病房一样白

他治病人的白肺

最后把自己的肺治白了

他把新娘的盖头

盖在自己白色的脸上

盖头也是白的

最后一点红色

化成熊熊的炉火

一直烧到天堂

2020-02-21

夏花如思

武汉协和江北医院医生夏思思，二十九岁

她叫思思
不知道她曾经思念过谁

开在夏天的花
喜欢追着太阳跑
直到成为太阳花

医院里花多
只有她每天披着阳光
照亮患者的黑暗

一场寒潮冻僵一个春天
太阳掉在江水里
花被一瓣瓣扯落
二十九个夏天被扯得雪白

二月的武汉多雨

雨水打在她的身前身后

从春直接流到秋

2020-03-06

养狗的老人

老人姓于，七十八岁，山东潍坊人

老伴走了以后
带走了客厅里的阳光和月光
满屋的回忆
比呛人的香烟浓烈

儿子儿媳孙子都在忙
像一直飞的鸟
他一次次打开家门
只迎来叽叽喳喳的鸟鸣

某个黄昏的尽头
一条流浪狗叼住他的眼神
左右摇摆的尾巴
摇回他丢失已久的笑容

他牵着狗，狗牵着他
一根绳索
系着春秋冬夏

走过黄昏

狗在黑下来的夜里不再叫唤

他却想喊上几声

喊落几颗星星

做一根带有光亮的拐杖

2020-05-18

加油站的小伙

小伙姓曹，二十七岁，北京延庆人

拧油箱盖，扣动扳机
给饥饿的车辆补充能量
像小时候给马喂草

加油枪不是枪
枪口上有他们一家三口的生活
二十四小时连续拔枪插枪
第一枪打在黎明
最后一枪对着下一个黎明

加油管是他工作的半径
却画不圆四季
驶来的车卷着盛夏的热浪
扑向他蓝色的工装
后背上的潮水层层荡开
寒风把冬天割得支离破碎
他裸露在外的脸和手
在夜色下僵直

鼓鼓囊囊的腰包

塞满了大把的收成

却勒细了他的腰

像串着一支冰糖葫芦的竹签

2020-05-31

《上海诗人》2021年第1期

张所长的梳子

税务所长，年过花甲，北京石景山人

三十来岁部队转业到税务
中分的发型
一直梳到六十岁
一分为二，楚河汉界

口袋里的梳子
稳定他发型的走势
从专管员到所长
把春秋梳得井井有条

税务所内外四季有风
梳子摁下被掀起的头发
左归左，右归右
没梳错过一根

头发越梳越少
剩下的每根发梢
都挂着梳不掉的风霜

还有日月的奖章

退休的时候
他把梳子交给了所里的年轻人

2020-07-03
《深圳诗歌》2021年下半年刊

门卫大爷

大爷姓杨，六十六岁，河北邯郸人

半夜时分
伸缩大门的闸已拉上
几缕风从旁边的小门零星穿过
一把吱吱呀呀的木椅子
是他整夜的场景

土地里扒不出生活的星辰
划过城市夜空的流星
落进他微笑的皱纹
寄予家乡的老伴
和两套空荡荡的屋子

从保安到门卫
沿着门里门外的四季
熬过最深的夜
把岁月活得精瘦

收音机每晚对他说很多话

字正腔圆

他的话带有口音

收音机听不懂

他的眼睛不大

像并不明亮的路灯

为小区夜夜亮着

2020-07-08

《星星》2020 年第 12 期

老高的称呼

姓高名大壮，七十三岁，退休军干

从士兵到将军
从姓名到首长
四十多年称呼一直在变

退休后
首长这个称呼也跟着老
最后只剩下
一声老高，满头华发

"高大壮"，有人敲门
他打开门却忘了答"到"
"快递"
久远的称呼在他跟前打了个滚

开代步车送孙子上学
"老同志，请走规定车道"
年轻帅气的交警拦下他

学校门口

"喂，老头，把车挪走"

一个粗壮保安的吆喝

教室门口

"高天佑的爷爷，过来一下"

一位年轻漂亮女教师的召唤

回家的路上

他一直嘀咕自己的称呼

"高天佑的爷爷"

对，他现在只是高天佑的爷爷

2020-07-09

《深圳诗歌》2021 年下半年刊

水手小何

姓何名塘，二十四岁，江苏盐城人

水乡长大的孩子
喜欢与水相关的内容

稻谷收割以后
田地空旷地望向冬天
他用河水濯去脚上的泥土
登上楼一样的海船

甲板离海面很高
像是站在半空
看不到自己的倒影
也无法捞鱼摸虾

缆绳一旦解开
便断了与土地的关联
船向前，岸向后
长长的航迹只是漂浮的标注

波峰浪谷是水手的航程

船艏劈开的巨浪

山一样地扑向船艉

他是山中穿行的浪花

每当月圆的时候

他总想把缆绳撇向月亮

让月光顺着绳索流下

冲洗甲板的经历

隔着高高的船舷

海水辽阔

海面上有无数条河

河水里找不到自己，他只想

一猛子扎回去

2020-07-11

《诗歌月刊》2020 年第 12 期

硬座车厢乘务员

姓白名玉娥，二十六岁，吉林榆树人

高铁是百米冲刺
绿皮火车像五公里竞走
扭胯的叮叮咣咣
按部就班

车外的风景没有座席
挤不进车厢的嘈杂
行李和脚下的零乱要重新码放
她是过道上的气象

车厢连接处的烟雾
弥漫着寂寞
偶尔也会趁着夜色
钻进她窄小的乘务室

列车停靠的站台
不拒绝午夜飘落的雪花
车门关不住四季

一朵菡萏高挑盛开

沿着铁轨向前的夜晚
不必用车灯穿透
伸一伸手臂
就能抱定最新鲜的光芒

2020-07-22

《星星》2020年第12期

两个女童

大的敏敏，六岁，小的芯芯，四岁，贵州黔西南人

太阳跌下山谷的时候
带走了月亮
只留下两颗小星星

一盏昏暗的老灯
撑不起四面钻进来的黑暗

上学的山路
被风吹得歪歪扭扭
两个稚嫩的脚步
把山踩得晃晃悠悠

山崖边的一间土屋
是学校和教室
门前的旗杆像唯一的老师
挂着十几个孩子的梦

风雨穿过屋顶

打在教室的每个角落

姐姐搂着妹妹喂饭

像个小小的母亲

读书声从窗户飞出去

越过道道山岗

妹妹听不懂姐姐读的书

静静地坐在书声里

不哭不闹

2020-09-11

《深圳诗歌》2021 年下半年刊

夜班公交司机

李山，四十六岁，复员士官，山东青州人

深夜，城市睡了
路灯一个接一个地打着哈欠
他瞪着双眼
像公交车的两盏大灯

马路发出微微的鼾声
如果没有红绿灯
他一如骑着高头大马
一马平川

一路的站点很多
乘车的人不多
车门打开
大量的夜色涌进来
带着热浪和寒流
春光和秋色从未上过车

车厢里的灯他时开时关

像一路闪烁的星星

亮着能褪去乘客身上的夜色

关上能让疲惫的行走得到片刻的歇息

路边等车的人

喜欢他由远而近的眼神

而他只想把在黑暗中赶路的人

送到离黎明近一点的地方

2020-09-14

阿尔茨海默病老人

姓邱名淑媛，七十五岁，退休教授，北京人

不知道从哪天起

走着走着

把自己丢了

走着走着

把世界也弄丢了

目光里没有过往

像一片荒原

眼神也不拐弯

忧伤和欢乐不在前方

讲台上曾经的滔滔不绝

在没有夕阳的黄昏

瘦成不连贯的话

像断流的河

病症无痛

记忆却被掏空

她那扇空荡荡的门里
没有搁置什么

她已忘了整个世界
唯独还记着丈夫的名字
只是，当他站在她的面前
她却不知道他是谁

2020-09-22

超市收银员

姓李名梅，三十九岁，河北易县人

村口的小卖部
她经营着村里的酱醋油盐
也盘点着通往村外的进进出出

坐在自己的营生里
眼神被那些走向村外的人
无数次拽走
终于把自己从村口
切换到城市的十字路口

闸机和收银台连成的线
像一个村庄到另一个村庄的路
她手持扫码枪站在村口
守着琳琅满目的山林

长长的购物单
仿佛村里的那条小河
所有的鱼带着成堆的快乐

从她手边一一流过

在丰富的背景映衬下
看不清她的脸
只有那细长的身影
像小卖部前挑着路灯的竹竿
每天认真地站着
守着并不丰富的生活

2020-09-28

弹三弦的老汉

姓王名三娃，七十三岁，陕北榆林人

薅一把白云包在头上
就可以在蓝天下自由行走
腰间的烟杆船篙一样
撑过黄河的激流

羊皮袄，大裆裤，白褂子，红裹肚
穿的不是旧时光
脚下的千层底
才能踩出生活的大秧歌

父辈留下的三弦
随手一拨都是黄土的高腔
一根弹九曲黄河第一湾
一根弹吼出来的信天游
最后一根只弹
血液里的走西口

花白的胡须是河水的曲目

粗粗的手指总能抠出无数乐章

白天从山顶钻进窑洞

晚上从窑洞悄悄飘落水面

娃娃的腰鼓

常把浪涛敲得汹涌澎湃

只有他的三弦

能把黄河弹得静静流

2020-10-24

《诗歌月刊》2020 年第 12 期

修钟表的师傅

姓郑名福，六十五岁，江苏宿迁人

父辈留下的工具和手艺
他都接了下来

一只放大镜
他学会单眼看世界
看时针分针交错的背后
一把小一字起
可以把时间的游丝拧得很紧
却无法拨动生活的盛衰

别人的时刻
在他的手里分秒不差
他的时间却总也调不出分秒
就算发条紧了又紧
还是越转越慢

严丝合缝的机械
容不下人世间的灰尘

年轻时气吹一捏干干净净

如今花白的头发

已刷不动一粒尘埃

紧闭的另一只眼

不再看生活的分秒

自己的时针

始终指向父辈埋葬的地方

2020-11-18

售楼姑娘

姓沈名媚，二十六岁，湖南湘西人

从凤凰古城飞出的女孩
本就是一幅山水
在售楼处翻卷

沙盘是她的江山
手指间的锦绣
在她的言语里拔地而起
道路交通商圈分明又一城烟雨

样板间像一架三角钢琴
夺人眼球却弹不出乐曲
只有高跟鞋踩出的鲜红节奏
才能给笑脸盖上售房合同

售出的每一套房里
堆满她说过的话和委屈的泪
笑分明是装修的营生
大多与自己无关

她卖出去的房子无数

没把自己搭进去

也没把自己赎出来

2021-01-22

园林工人

姓杜名青,五十二岁,北京门头沟人

顺着不高的梯子
就能爬上天
爬到月亮之上
没有树高过他的双手

一把大大的剪刀
把八月的丹桂修成四时花开
把腊梅剪得梨花带雨
让季节在季节里开花
自己的身影剪在季节以外

雨水顺着他的脸颊流过春夏
浇灌他脚下的秋
他却像山坳里冬天的树
枝头上落满了风霜

匍匐在地的时候
他草一样低矮

草丛里找不到他黝黑的脸

只有枯枝一样的手

裁剪着每一缕阳光

2021-02-18

厨师的爱情

小叶厨师，三十一岁，重庆巫山人

离开大山
他和妻子像两块生熟砧板
一块切家乡的小溪
一块切城里的月光

厨房里的油烟
每天都给他一个热烈的拥抱
锋利的菜刀
斩不断葱姜蒜的激情
只有心头的炊烟
才能摆脱煎炒烹炸的纠缠

身边的炉火
像家门口成串的辣椒
常常映红他的双眼

下班回到住所
他要洗去一身的油烟和汗水

才和妻子视频通话

电话里，妻子依旧能闻到

他一身的烟火

2021-02-26

幼儿教师

姓董名莉，三十又一，北京海淀人

二十岁走进童话
遇上数不清的小花小草
还有大森林小动物

说着尾巴很长的话
唱着总也长不大的歌谣
十年的蹦蹦跳跳
放飞一只白雪公主的风筝

在小脑门上种小红花
在小手心里堆小雪人
把带刺的太阳和月亮剪下
贴在粉红的天空

常被一些目光灼伤
又会被清澈的眼神抚平
她用半蹲半跪
保持低矮的站立

孩子们慢慢长大

她却不敢也不能长大

2021-03-02

小学语文老师

姓崔名雯，四十二岁，浙江海盐人

走上三尺讲台
瘦小的身材就有了高度
年轻的慈祥
平摊在教室每个角落

声母和韵母
都是母亲的母
她努力拼读出母亲的声音

"写字像做人
横要平竖要直
撇捺不大钩不出格"

黑板上变换的板书
是她总也擦不完的背景
飘落的粉笔灰
仿佛头顶上的云雾

台灯下的小山

堆满日复一日的辛劳

把歪歪扭扭的字扶正

将七零八碎的句子重新组装

一支红笔批注的烂漫山花

开在她细细的皱纹之上

2021-03-03

送水工

姓董名忠勇，四十八岁，江苏高邮人

河水是儿时的玩伴
水下摸鱼水上荡舟
爬上水牛背
短笛吹一曲水淋淋的牧归图

背着一条小河外出闯荡
以为一生不会干涸
可一路坑坑洼洼
让他在都市的人潮中断流

流不进城市的管网
寻一处堆成山的水库
把一桶一桶石柱一样的水
搬送到楼群深处

脊梁和双手
浸泡在冬天的冰雪里
肩膀扛起的酷暑

水花顺着楼梯往下滴

水桶里的水，很甜
水桶外的水，有点咸

2021-03-08

菜贩小李

名唤成杰，三十三岁，河北邢台人

批发市场凌晨三点的灯光
是他每天的朝霞
额头上的露珠
浸湿一天的忙碌

城市还未醒来
摊位的阵仗已经摆开
只等四季的风从八方吹来
用应季的新鲜冲突向前

他像一根葱一棵菜
每天被挑来拣去
在一头蒜一块姜的辛辣里
品味严冬盛夏

菜市场里的人流和鸡鱼肉蛋
散发生活的喧嚣
蔬菜的清香被挤在一旁

他只想从剩菜的根部
扒拉出一点家乡泥土的味道

2021-03-19

管道疏通工

姓刘名永强，四十六岁，四川德阳人

城市的风光在地面生长
地下的曲折章回无人知晓
被脚印踩踏的井盖
从来不说井下的事情

长竹片、细钢丝、粗吸管
掏不尽井下黑暗的秘密
披一身干净的阳光和月光
扎进管道深处
刺破各种污浊的纠缠

每次从井下上来
就算瘫坐在地
他也要抽一根香烟
换一口气息
顺便摸摸手边的天空

香皂无法除却身上的异味

雨水却能让他一路清爽

被汗汁浸泡过的字典字字清晰

再脏的井下

也有干净的地方

2021-03-25

护工徐姐

姓徐名红花，四十七岁，安徽亳州人

护士们叫她徐姐
她咧着嘴
"我女儿比你们大，叫姨"
在病人和家属眼里
她不是姐不是姨

病房里的白不是白昼的白
掺杂着许多夜
家乡带出来的阳光
被病床的阴影压在下面

把声音踩在脚下
脚步挂在半空
手脚安装在病人身上
眼睛留着全天候站岗放哨

喂药喂饭，端屎端尿，翻身擦洗
比农忙还忙

从这块田到那块地

在冰冷的雪地里汗流浃背

膝盖上放不稳她的碗筷

椅子记录着她折叠的睡眠

病人康复出院

她也跟着走出病房

让阳光把自己晒透

再给丈夫打个明亮的电话

偶尔盘点一下收入

却很少盘点自己的白天与黑夜

2021-04-13

水兵陶然

护卫舰枪炮兵，一十九岁，浙江宁海人

离开家乡并没有离开海

蓝披肩翻卷青春模样

海魂衫上的波纹只有战舰才能犁出

黑飘带挥舞的天空海一样蓝

甲板上的步伐

走出钢铁的声音

炮管对准的地方

不会有少年的懵懂

从海岸线到亚丁湾

每一次远航都增加一次年岁

脸上的风浪一把抹去

胸膛用来拍打惊涛

海面平静以后

家乡的声音总会落在枕边

抱着一轮月亮

就能回到母亲身边

2021-04-27

致诗人艾青

你的大堰河从我的身体里流过
爱从此一路向北

夜深时，你的火把
给了我黎明的通知
当宝石的红星挂满夜空
你的北风已把我吹向春天

那些彩色的诗
像雨后的虹
一半在天河流淌
一半铺在黑白的人间

你热爱过的土地
在我脚下继续辽阔
就算没有站上你的浪尖
我也是海的一部分

你爱过的一切

我们继续爱

连同阳光连同大海

连同风霜雨雪

2021-05-13

外墙清洗工

姓董名全成，三十八岁，河北邯郸人

从楼顶天窗钻出的黄色安全帽
像个小太阳从楼顶升起
一同升起的
还有一张黑黝黝的脸

两根细长的绳索比所有楼高
一头紧抱天台上的通风管
从楼顶垂下
仿佛两条从天而降的河
一块木板像小船
载着他从高处一点点往下落

小水桶跟他从上到下
他像桶里的水
天上地下来回摇晃
从清澈晃到浑浊

冲水枪溅起的水花

带走楼外尘埃

刮窗器让窗户的眼神

重新明亮

他收拢绳子的样子很虔诚

一圈一圈

经文般绕着他的项颈

2021-05-20

红色讲解员

王桃红，年已半百，北京平谷桃棚村人

京东大峡谷的山上
有许多暗红色的石头
那是几十年前山洞里的火把
留下燃烧的标本

山下的村民
把那些石头抬上山顶
垒起又一座山
村里安排她讲石头的故事

石头早已冰凉
她放在胸口一块块焐热
往日的温度沿着山谷流动
她的体内有一条河

山顶肃穆庄严
她每次都要踮起脚尖
用枪墙不分的口音

讲述高高的往事
直到把瘦小的身材慢慢讲高

山下的桃花每年都开
她会摘几朵带上山
让整个山谷记下
幽幽的桃红

2021-05-24

消防队员

姓孔名伟，二十一岁，河北邯郸人

蓝色制服是火焰的根部
入职时的青涩
放飞白鸽一样的憧憬
鲜红的警叹
并未加重看待生死的分量

穿戴装备，铺设水带，登高破拆
器材上的锻打
只为在烈火和浓烟里辗转腾挪
掠过死神的问候

灾难和危险交织
水火难容是他面对的现实场景
骑上白云也要把火扑灭
就算双手扒烂
也要把废墟里的生命刨出来

青春的脸庞洗不净烟熏火燎

更洗不去生死间的生死

满身的伤痕

是颁给自己的勋章

警铃响起

上一秒视频里父母的娇儿

转眼已是红色猎豹

冲向生死未知

每次出勤归队

他只想踏实吃饭，踏实睡觉

不是畏惧生死

而是不想看到生死

2021-07-19

货拉拉司机

姓赵名凯，三十六岁，河南固始人

比快递的三轮车
多出一个像月食的圆
薄薄的铁皮包裹他的生活
却包不住一路风雨

车厢没有座椅
只有货物的嘈杂拥挤
方向盘常被挤得无法转动
驾驶座喘息片刻空间

油门和刹车被踩得有些麻木
四个车轮左冲右突
始终撵不上城市的车流
像条受伤的泥鳅
被鱼群夹挤在河流以外

用力装卸每个起点和终点
转动的车轮不能停下

大街小巷的冷暖

都在行驶的车上

2021-07-27

小厂厂长

姓王名丹，三十八岁，江苏宿迁人

厂子不大工人不多

钢丝铁条铝皮挤在车间一角

几台旧机器卖力地转动

冲床的调门很高

咣当一下就是甲方的底价

他的声音被压得很低

铣床吱吱呀呀

像极了他谋求订单的样子

直到铣出亮晶晶的合同

谈生意时衣着讲究

好烟随手发

自己掏另一个兜

抽点车间里的味道

拉货的二手车经常抛锚

像别人欠的货款
发动机如何轰鸣
车轮也不转动

小皮包里装不下各类产品
只有房租和工人的一日三餐
机器还在转
他也转，不能停也停不下

2021-08-20

没有双臂的人

姓杨名飞，三十一岁，陕西安康人

一道电光石火
掠走他年少的翅膀
从此，他学会用脚飞翔

下巴和锁骨挥舞锄头
开垦不完整的丰收
嘴巴叼住笔
也能写得横平竖直
脚抄起的菜刀
照样把生活切得井井有条

没有双臂的摆动
并不妨碍他向前奔跑
双腿就是站立的青春

别人的脚踩在地上
他的脚却要踩在半空
从不介意别人的上下打量

他只需要

一个平行的目光

2021-09-18

老孙的假肢

肇事的大货车
带走老孙一条粗壮的腿
他成了底部被砍伐过的树
很小的风也全身晃动

他用两头牛换来一条假肢
重新站成一个山头
向前走一步
脚下的路跟着颤一下

打工的腿一真一假
他认真地向前
可平坦的水泥路
还是被他走得坑坑洼洼

家乡传来免费更换假肢的讯息
老孙的激动一跛一跛
返乡的一路山水
他努力走出直线

检查测量压模

他有了一条崭新的腿

可新腿对不上他的残疾

两天没走出新步伐

老孙把旧腿重新戴上

抽完三包劣质烟

沿着回家的路，重新往外走

只是跛得更厉害

2021-12-13

家装工长

姓郭名兵，年近四十，安徽巢湖人

从少年到中年
似乎只铲了一块墙皮
从小木工到工长
却像吊了个顶

年少时拉过的墨线
把眼神扯得笔直
踢脚线一样伸向四周
墙面顶面平整
管线梳理得井井有条

手上的铅笔
早已被岁月的沙石磨秃
墙上画出沙子水泥的方向
说话如同切割瓷砖
快得有棱有角

楼房的钢筋水泥

闻不到泥土的气味

耳朵上夹的香烟很少点上

他不想在别人的家里

抽出老家的炊烟

他像用旧的电钻

不停地扎向钢筋水泥的深处

偶尔被卡住

也保持向前的姿势

2022-03-08

修锁匠

姓丁名志强，四十三岁，河北邯郸人

他会开锁修锁换锁
没有门能锁住他

锁的种类多
弹子锁插芯锁电子锁挂锁
像是山坡上开的那些花
他信手拈来

锁心寂寞坚硬
锁舌一旦死死咬住
他老虎钳似的双手可以让心柔软
锁舌伸缩如簧

喜欢蹲在门口修锁
不想让自己的汗滴和哆嗦落在人家
后背从不背负异样目光
粗粗的指纹
是破解保险柜的又一重密码

从黑夜到黑夜

偌大的城市有门

却没有他可以打开的锁

遥远的家乡没有门锁

他在梦中自由出入

2022-08-31

钢琴搬运工

姓赵名丰收，年逾花甲，重庆巫溪人

一根棒棒挑过山
却挑不动山一样的生活
用搬动物事的双手
搬完一个甲子

只抬钢琴的重量
不抬黑白键的音律
七个白天好扛
五个黑夜却不好搬

腿和胳膊的每个关节
守护着钢琴的贵重
进出大门
像照看小孙子一样小心

搬动的钢琴从不发声
只有汗滴的敲击

才会发出

音谱里没有的泛音

2022-09-07

船工冯二马

姓冯名飞，四十上下，河北白洋淀人

童年的猛子
扎向水里的天空
河汊拨开芦苇
让少年的桨声荡漾

荷花开的好日子
娶一朵回家
从此，湖水的光影里
有藕有莲蓬有水鸟来回飞

湖水亲切
轻轻掬一捧
就是三百平方公里的水面
落满日月星辰

小船划开的波纹
荡不走芦苇的坚定
只有额头上的几缕荷香

刻出四十年光景

冬天的湖面像一把大锁

锁住船的手脚

他只能在冰面滑行

在荷花开过的地方，低低地飞

2023-10-23

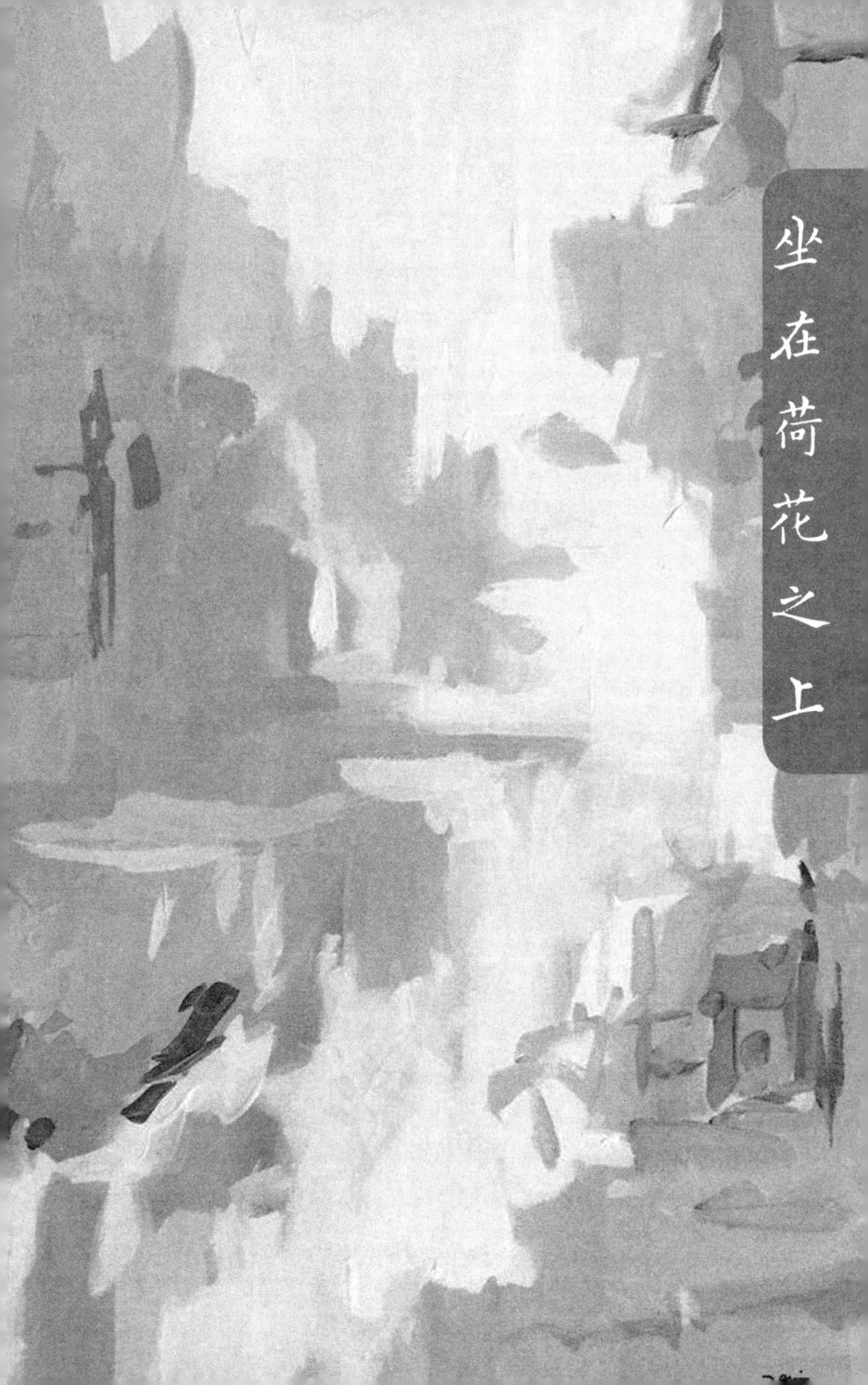

坐在荷花之上

学着画些什么

当人间的语言开始复杂

我学着画画

第一笔画童年的天

第二笔画脚下的土地

接下来画身边的万事万物

先画笔直的燕尾

剪断寒风

再画池塘里的荷花

让自己的四季坐在上面

一片像自己的树叶

从夏画向冬

不说春秋

用笔皴一座山，可以不高

擦一只鹰，却不能低

点出莽莽森林

晕染开来的山水云蒸霞蔚

蓝色留给天空

把竹节画进体内
一根不够，再添一根
至于别的花花草草
手中的笔
让花开，花开
让草绿，草就一望无际地绿

画不出老师教的山高水长
以及鸟语花香
就画画
笔尖够得到的地方
如果能把自己画进去
轻轻一笔，就是万里河山

2021-12-03

画山水

我照着山，画山
对着水，画水
风吹进窗户
山在抖，水没动

我用镇纸
压住水墨间的山水
却压不住黑白

取一些颜料
酞青蓝，藤黄，赭石，曙红
给山水上色晕染
画面开始暖和
柳叶一摆，水就流淌

我把门窗关上
让冬天在屋外吹
我的山水不能挨冻

2021-11-27

画水墨山水

画之前
必须了解墨有多黑

清墨很浅
落在纸上影影绰绰
云在远山奔

淡墨勾出山石树木
就有泉水叮咚
层层点染
立意便渐次分明

画水墨山水
树比山黑，山比水黑
但不能黑不见底

黑白间的山水
不能画出具体的人
有人的山水

我想用昆明湖的浩渺清波

画出来，不加墨

2022-01-06

画青绿山水

没学画之前
不知道王希孟年轻的千里江山
十八岁竟然荡漾千年

山水朴素
涂上石青石绿
像清秀女子浓妆艳抹
明明不沾风尘
却也自带春秋

窗外寒气逼人
纸上春风一直在吹
我想把颜料从笔尖抽出去
画一幅山水墨稿
坐等那些青绿
自己拱出来

2022-02-10

画工笔画

不同于大写意的挥毫泼墨
一条淡淡的细线
描出锦绣一片

线条或直或弯
都是事物的骨骼和经络
花，一笔一笔开
山川和河流
先勾出最初的轮廓

晕染是一种简单的覆盖
色彩由浅入深一层一层地铺
花渐渐地香
山川慢慢地绿

画工笔画像绣花
一笔一针，一针一笔
针上不附风雨
笔上不沾染尘嚣

2022-04-24

画山

从一块石头画起
向上向天空
从山脚到山顶就一笔
无须攀登

笔尖在山顶轻轻一顿
双脚已在山巅
群山巍峨，我自为峰

画山只画山的阳面
光线和色彩柔和
阴面太冷太暗
画起来冻手
往上爬容易迷路

我想把爬过的山都画下来
太高的，不画
满头白发的
以及高出纸张的，也不画

2021-10-19

画山坡

笔的走向
决定山坡的角度

直上直下的峭壁
没有一支笔能作停留
云雾可以缭绕

沿着一条斜坡
草原缓缓向上
仿佛一直伸到天边

七十二道拐也是山坡
就画它弯一次向上一次的气势
至于层层梯田
只画丰收，不画曲折

山峰画得远一点
山坡就不会被压得很低
不能太陡

爬起来费劲

但线条一定要直

毕竟那是山的腰

2021-12-28

画石头

画石头很简单
随手画出来的图形都可以是

石分三面
明亮的地方不能画暗
石头也需要阳光
灰只是过渡
最黑的地方用来立足

水在石上流
花在石上开
竹子喜欢踏石而歌
拔节向上
都是画家笔尖上的事

我不想把石头画得过于沉重
画清楚它的纹理就好
至于那些冥顽不化和圆滑不画
最重的一笔留给坚韧

如果不画石头的质地
只画它简单的形状
每一块石头
都可以风情万种

2021-12-29

《上海诗人》2022年第 2 期

画水

山水画里的水
大多被群山裹挟着
不反复皴擦山体
水，流不出来

至于瀑布飞流，溪水淙淙
还有湖泊辽阔
只要画出山的缝隙
那些留白处从不干涸

画一条小船一个钓鱼翁
不画水的波纹
水面也很开阔

还有那一丛丛芦苇
守护怎样的江河湖海
不说水的成色
一个答案，等白了头

我不画浪花喧嚣

和波涛汹涌

也不画山高水长

只画一汪水

让自己驻泊其中

或是画一条细细的小河

不奔腾不跳跃

跟着河岸简单向前

一直流

2021-12-23

《星星》2023年第4期

画云

把墨稀释到最淡
才能画云
不能一落笔就乌云密布
画就画天高云淡

画云山是依托
留白的地方就是云
黑白间的眷恋不一定要画
但要画出联系
没根的云容易把人带飞

云的大小天空不计较
但纸张不行
白云朵朵
只能围着群山转

画云水分多
把山顶的云拧干
人间会有雨

把山间的云拧干

山和山就不会离那么远

2021-12-21

《上海诗人》2022年第2期

画雪景

老师说，雪不用画
白纸上全是
画点别的
雪就飘出来了

铺开纸张
手中的笔不敢轻易落下
画不出来雪没什么
别把雪画化了

跟着老师画带雪的房子
不用画屋顶
画树，树枝悬在半空
画溪流，水是灰的

边画边留白
留白的地方多，雪就多
雪地上不留任何脚印

2021-11-10

画草（一）

画草至简
不挑笔不挑色
有纸就行，几笔就够

画草别画草原
太辽阔，几根没有说服力
画画春天里的一望无际
让生命浩荡向前

画草不同于画兰花
没有长短宽细的芳香
不像竹子那样锋锋如剑
更不需要笔直向天的气节

画出简单的随遇而安
和对土地的热爱
至于马蹄下的倔强
以及风雨里的不屈不挠
画与不画，都在

我起了个与草相关的笔名

落到纸上，怎敢马虎

2021-11-04

《大风》2022年秋季卷

画草（二）

别人画草寥寥几笔

点缀自己的山水

我画草不敢随意

努力画出人的模样

画不出骨骼

就画清晰的经络

头颅画不清楚

就把它坚定的眼神画出来

不画树根下的卑微

只画踩在石头上的坚定

土地之上

永远生生不息

如果要画草原辽阔

我必须从每一棵认真画起

直到画出

那个叫草哥的自己

2021-11-04

《星星》2023年第4期

画竹

郑先生画竹时
说不清糊涂还是清醒
几笔下去
如剑的竹叶
直直地插在竹竿的骨头上

竹子做的笔杆不是羊鞭
无法驾驭羊毛的柔顺
糊涂有时很硬
而清醒很软

画不出竹子挺直的腰板
就画不出竹叶的尖锐
何妨先找个竹林
把自己站成一根竹子

2021-10-14

画兰花

画兰花之前
我把脸和手洗了又洗

一支新白云笔
用清水就能润出云朵

花青和藤黄里不能有杂质
调出的绿才纯粹

线条多么优雅不重要
必须有经络
叶脉间的花朵
不一定要开在绿叶之上

我画的兰花也娇艳
但，不香

2021-10-14

画梅

枝头上的小火苗
烧过多少冬天

面对漫天大雪
大红颜料太过鲜艳
简单的描摹手却抖得厉害
好像有血往下滴

画不了血红雪白
就蘸点水墨
画一朵简单的朴素
我称之为素梅
也叫她母亲

2021-09-23

画松树

直笔，顿笔，转笔
才能画出树干的遒劲浑雄
至于树根的盘根错节
只画咬定青山的那部分

画松树简单的蓬勃
在天空下的不卑不亢
不与树枝纠缠
只用最细的绿色渲染四季

每次画松树
我总能画出父亲
画他的身子骨如松
一笔一根，一根一笔
清清楚楚
像极了他的一生

2021-10-25

《扬子江诗刊》2022 年第 6 期

画树叶

画树得从冬天画起

画出粗的骨骼

等到春天，再画春天

树叶太多画不过来

用笔尖点着画

复杂的形状

一笔一笔勾着画

不能把冬天留在枝头

浓墨和淡墨

只是远近

至于浓密和稀疏

一定要有光线穿过

不画无根的飘零

也不画晚秋的叹息

画就画春天的蓬勃

和永恒的写意

2021-11-09

《扬子江诗刊》2022 年第 6 期

画树干

树干不好画
像人的脊梁
画得直还不够
关键是要撑起一片天

中锋画出少年的树
提笔向上或向下
线条尽量直
不歪不斜，不粗不细

那些经年的沧桑
不光用侧锋和飞白
需要不停地顿笔转笔
直到把曾经的风霜都标注出来

画好的树干
像一张站着的家谱
添上同根同源的子孙后代
然后枝开叶散

2022-03-29

画树枝

粗壮的树干画好以后
才能画枝条

春天的树枝线条柔和
风往哪里吹就往哪里摆
树叶遮蔽的夏和秋
枝条不用画

如果只画枝条
就容易画出冬天
握过风霜的手青筋暴露
留在天空里的抓痕
要一条一条，细细画

2022-03-28

画藤

画葡萄画丝瓜画豆荚
都要画一些藤蔓
果实以外
线条很重要

一根藤蔓
就是一条蜿蜒曲折的路
沿着竹竿搭起的指向
攀附在季节里

藤条里的筋骨
弯弯曲曲的坚韧
缠绕树的华年
只留古朴，不写沧桑

藤条上的往事
无所谓粗细
一笔画不出来
得用一生，慢慢画

2022-05-17

画芦苇

河水往哪儿流
都不影响它朝天的指向
就算身体被风吹弯
也是一把斜挎的钢枪

画茎秆细细的坚韧
一笔下去不停顿
脊梁就不会在纸上折断

芦叶宽厚
不能画得尖刻
芦花喜欢开在空中
尽量向上画

不画过往的青春白发
只画它昂向天空的气质
芦苇高不过树
一落笔便是草莽英雄

2021-11-15

画荷

守过荷塘边的黎明
更容易画好荷花
白的红的粉的
一瓣一瓣，交给六月的太阳

月亮是天上的荷
荷是人间的月亮
把它画圆
人间就少了离愁别绪

荷花开过以后
就可以画莲蓬的丰收

我更愿意画荷茎
用千疮百孔的筋骨
撑起一片风景

画荷简单
中锋画花侧锋画叶枯笔画茎

再勾几颗莲蓬

只是，画荷的人

最好能坐在荷花之上

2021-10-22

画牡丹

一支秃笔
画不出牡丹的热烈
就算把颜料调得特别鲜艳
一落笔也会花容失色

我努力勾出花的轮廓
一点点填涂色彩
晕染开去的波纹层层荡漾
像花开的声音
一瓣，一瓣

太多的雍容华贵可以省略
我只想画它
绽放的每个细节

2021-10-26

画黑牡丹

一滴浓墨落到纸上
笔尖带风掠过
牡丹皱着黑

阳光继续照耀
花瓣黑得伸手不见五指
像很深的夜

如果将黑进行到底
花心不会答应
三青色的源头有向日葵呵护

我将墨汁调淡
让花浅点开
再画一只彩色的蝴蝶
衔着花香飞

2021-11-02

画菊

秋天有多少心事
风雨的表达太过激烈
桂花琐碎
还是听菊花一朵一朵讲

纸上的菊花
波浪一样向外翻卷
尾音拉长
一圈接一圈
像是对天空有说不完的话

笔尖上的花瓣
红的红，白的白

握着秋天
未必能画圆八月十五的月亮
干脆画两朵黄色的菊花
一朵给父亲的四月
一朵给冬月的母亲

2021-11-14

画牵牛花

这花只要一开
牛就会过来
土地需要它的耕耘
而我们更需要它来拓荒
画这样的花
我的底气不足

留声机里的声音很复古
跟一条河流有关
河水里泛着黄土高坡

扛着画笔饱蘸色彩
从深到浅犁一道
再犁一道由浅入深
一朵花就能开在天上人间

叶子要画得辽阔
再画几根藤
把远去的传说系在今天的岸边

只留一根用着牵牛

顺便牵一幅

土地上的丰收

2021-11-18

画水仙花

画水仙花之前
先画画荷花
就能画出它的清澈如许

纸上必须铺满阳光
否则花不会开

花瓣的分散聚合
像天空的云
不沾染凡间尘土
才能捧出一轮太阳

调和好冷色和暖色
画出扁担一样的叶子
挑起一茬茬生活，还有
生活里的花香

2021-11-18

画玉兰花

先画它层层叠叠的包容
像群山包裹的潭柘寺
木鱼敲一下
花就开一朵

宣纸可以仿古
但花必须白
画不出《玉堂芝兰图》的寓意
花瓣上也不能留下暮鼓晨钟

玉兰花喜欢一脚跨过冬天
就算没有绿叶搀扶
也会用古铜色的手臂
捧出比荷花还浓的花香

2021-11-21

画芙蓉花

笔尖上的洋红
拽着笔肚里的水汁
轻轻一转
便是一片花瓣

花瓣像带褶的薄裙
光影之间
一位芭蕾舞演员在旋转

老师笔下的花在开
宋徽宗当年的芙蓉也在开
花开过后
经典还在，江山丢了

我没啥可丢
简单地画一朵芙蓉
自己的江山

2021-11-24

画鸡冠花

鸡冠的大红
开成花就大紫了

第一笔下去
能听到公鸡的啼鸣
再画，太阳慢慢往下落

一滴一滴的红
像风干的血
被星星一样的钉子
钉在白纸上

几片叶子
我想把它画成翅膀
等着飞起来
就算跟不上第一缕霞光
也不能在夕阳下打盹

2022-05-12

画向日葵

小时候画太阳

画得像向日葵

一个圆圈，几道光芒

长大后才知道

向日葵不是太阳

只是太阳的追随者

画向日葵

不必急着画它一脸的灿烂

从花序画起

先画饱满的果实

窗外寒风在吹

葵花在笔下一片一片地开

没有六月的金黄

却能开出人间的暖意

画过向日葵的人

一生不缺太阳

2022-01-11

画春风桃花

从室外进屋

跟着老师学画桃花春风

冻僵的手握得住笔

却握不住春风

让笔尖省去季节的复杂

从一株桃树画起

枝干上的飞白

像是抹不匀的冰霜

花不能太红太密集

春风吹来的路只是调色盘

叶子一片一片地绿

冬天里的春天

色彩不能浓

如果一笔就能画出春光

又何必在意

人世间过往的炎凉

2022-01-13

《上海诗人》2022 年第 2 期

画紫藤花

一串紫藤花
像是一串紫色的葡萄
酸甜都在长大以后

一根藤拎着的花瓣
仿佛儿时的鞭炮
炸开后的烟雾
弥散成人间的紫气

花有没有红过不知道
现在的紫偏冷
笔尖里的激情
也只能留下半壁江山

白是花的另一部分
适合回忆
就算与紫调和
也要坚持一白到底

2022-01-16

画红梅

如果赶上一场雪
可以踏雪寻梅

天冷得一筹莫展
雪，偏偏没下

没有雪
画过树枝的笔洗不干净
残留的墨
会影响红梅的红

如果红得不坚定
梅花的火焰就会暗淡
冷日子烧不暖

引一条带有乡音的河水
用父母给我的红
先点几朵，再画一片
直到红遍大江南北

雪下与不下

红梅开过的地方

炉火正旺

2022-01-19

画月季花

画过牡丹的笔
接着画月季
笔中的铅华要洗干净
否则画出来的还是牡丹

用老师教的人字画法
画每片花瓣
一撇一捺直截了当
行笔朴素
才能花开四季

花不能只画一朵
需要三五成群
简单的团结
色彩格外鲜艳

画月季像是画自己
花开花谢都在自己的季节
至于带刺的部分

与生俱来

要一根不少地画出来

2022-01-29

画杜鹃花

春天可以画的事物很多
我却想画杜鹃的热烈

几只鸭子
只能画一个春江水暖
梨花一旦带雨
画就容易潮
桃红柳绿多点少点
人间都在春天

杜鹃是此刻最好的表达
火焰，从第一笔开始燃烧
多画几笔
就会升腾起丛丛火苗
然后漫山遍野
春天被烧得很旺

画过杜鹃的笔
像一根长长的火柴

轻轻一划

就能把四季点燃

2022-04-20

画油菜花

油菜花喜欢围着房前屋后长
就像小时候离不开家
把田野和河边
蹦跳得一片金黄

画油菜花
容易画出乡愁
一两朵不够
得一望无际

要画出茎的力量
否则金黄不会被抬到一定高度
菜籽和叶子也要画
春天的底色和夏天的果实
阳光都需要

家乡的小河不画
我不想让成片的金黄
在河水里流淌

2022-03-22

画葡萄

青和紫是相对的
取决于阳光
也取决于颜料
与甜酸并无关联

一串葡萄
首先要画出它们的紧密团结
无论大小胖瘦
都是自己的兄弟姐妹

藤一定要画
画出其中的人物关系
就算若隐若现
总归是血脉相连

叶子像慈祥的长辈
顺着藤蔓老去
却把呵护留下
从这一代到下一代

2021-10-20

画柿子

先把整个秋天放进调色板
蘸点稻穗桂花和枫叶
勾出圆圆的喜庆

从它的青涩画起
不急着上色
一点一点画向冬天

等秋风带走所有的落叶
就一门心思地红
让枝头上的大红灯笼
从冬天挂到春天

2021-10-25

画枇杷

一动笔就是夏天
茂密的叶子敲响开场锣鼓
椭圆的果实登台亮相

最初的青涩藏在叶间
像躲在父母身后的顽童
直到阳光晒圆了它们的脸

藤黄有些偏嫩
画不出圆润
加点赭石的老气横秋
才有分量

枝头上的风雨
一笔带过
冷若冰霜不画
只留金黄的热烈

2022-05-07

画杨梅

老师在杭州画杨梅
我在北京临摹
一不小心画到了宁波

老师画的杨梅挂在树上
成串的，有枝有叶
我画的是筐里挑着的
一颗一颗
像聚在一起的战友
都红，滚烫

六月的杨梅年轻
画出来的青春不一定圆
紫红的酸甜
大多在最初几笔

泡在酒里的杨梅
已走散多年
身上的红还在

如果提笔画它血液里的烈性

不知道会掀翻多少往事

2022-05-22

画蔬菜

城市骤然降温
蔬菜的价格飙升
画点蔬菜不为菜场的走势
只为人间新鲜

桌上的纸面色泛黄
画不出萝卜的白
用大红颜料
画一个通红的饱满

剩下的不能浪费
画一串红辣椒
暖暖冷下来的天

大白菜是画面的主体
找不到绿色
水墨之间的菜叶
似乎更有寓意

南瓜和茄子各有色调

戏份不多

却也不算龙套

画不出城市冷暖

就画一点生活的色彩

2021-10-21

画丝瓜

翠绿枯黄深褐

一支笔上下几下

或直或弯

勾几条细线都很应季

不画瓜瓤里的千丝万缕

藤蔓缠缠绕绕

脉络清楚

生长的方向就不会乱

竹架子画几根

支撑画面的分量

叶子多几片少几片

都别留下风雨

老师说丝瓜就画三根

三丝（思）而行

2022-08-25

画粽子

一笔两笔三笔

都能画出粽子

缠绕的丝线太长

需要好多笔

粽香飘成三角形

一角挂在天上

一角随河水流淌

剩下的一角留给童年

好吃的肉粽蛋黄粽红枣粽

需要填补许多色彩

馅不好画

像岁月里的人心

我只画纯白的记忆

再画几根艾草和菖蒲

插进端午的空隙

色彩可以深

但，香味不能比粽子重

2022-06-05

画鹰

跟老师学画鹰
始终画不好带钩的嘴
高出天空的眼神
还有抓过无数山峰的爪子

颜料调不出想要的色彩
翅膀上少了光芒，飞不高
羽毛如果暗淡
日月星辰也不灿烂

画不好老鹰
就画麻雀
田间地头的日常生活
也有过飞翔

2021-09-01

画麻雀

画过老鹰再画麻雀

得换小一号的笔

墨要调淡，色彩简单

从它短小的喙画起

最尖的部分从未啄过高空

枝头上的吻痕

不需要加长

眼神平淡

不能画出冷酷

羽毛的色质长短

与飞过的高度无关

只有紧握枝头的爪子

不带钩也能抓住朴素的喜悦

一只麻雀没画完

一群麻雀就已落在纸上

叽叽喳喳

说着田间地头的往事

像极了人间的某个场景

2021-12-01

《诗林》2022年第2期

画燕子

穿黑衣服的不一定是乌鸦

也可能是燕子

脖子下面的那点红

足以唤醒漫山遍野的桃花

画燕子会飞的翅膀

就能画出它的歌声

柳叶舞起的翠绿

让湖水一次次跟着飞

黑色的翅膀

决不飞黑色的航路

就算贴地

满腔都是白色的光明

画燕子并不复杂

三点一线

只要画出它剪刀一样的燕尾

就可以把呼啸的北风

一剪两断

2021-12-02

《诗林》2022年第2期

画黄鹂

画黄鹂的人
习惯从一则寓言画起

冬天画蝉
笔法不好掌握
一个寒战
会捅破它薄薄的羽翼

螳螂也不好画
刀一样的前爪仿佛已被冻僵
反弓的身体像是要弹向
季节以外

黄鹂披一身暖阳出场
寓言就此结句
尖长的喙像炽热的火钳
夹着冬天的童话

我不画虚构的逻辑

只画自己的视线

让黄鹂螳螂和蝉各自生动

平行而坐，不谈千年恩怨

只说如何应对漫天雪花

2021-12-07

《诗林》2022 年第 2 期

画丹顶鹤（一）

头顶上的红与生俱来

像钻木取出的火

烧过古今南北

细长的脖子似乎装着黄河

可以九曲十八弯

一曲向天，再弯成弓

喙是它的箭

腿长，站得就高

庙堂之上一站千年

偶尔也会站到人的身上

画家喜欢松鹤同框

其实它的爪子无法抓住松树盘桓

只抓黑土地的一马平川

还有黄海滩涂的一望无涯

画丹顶鹤

我必须画好一红三长

和它的一身洁白

至于松鹤延年

还得看手中的笔

能把岁月画到多长

2021-12-11

《诗林》2022 年第 2 期

画丹顶鹤（二）

凭着头顶上的那团红

丹顶鹤鼓舞了

它经常出没的天空

我想从天空起笔

可一落笔

却画出了一片芦苇荡

散落着乡音

画鹤眼里的一汪水塘

再画小河一样弯曲的脖子

一笔童年一笔少年

两腿很长

却高不过芦苇

头顶上的那点红

必须点得恰到好处

太重，影响它一飞冲天

太轻，成串的晚霞

会被它叼走

2022-04-26

《大风》2022年秋季卷

画白孔雀

白纸上画不出白孔雀
除非它的羽毛沾满灰尘

岁月容易泛黄
我从一朵雪花画起
努力画出它原本的样子

笔尖上的钛白是浓稠的雪
落在孔雀的最高处
画出扇形的冠
再画头画颈画翅膀
开屏的羽毛留到最后
一根根梳理
一笔笔画出它的长度

画白孔雀不同于绿孔雀
需要新鲜的雪
在空中会飞

在人间，要白出自己

深刻的过程和方向

2021-12-15

《诗林》2022 年第 2 期

画蝉

画蝉先要画树
一根枝条
也是夏天

蝉翼如何轻薄
清澈的湖水
都只驻泊深褐色的船只
暖风吹过，汽笛鸣响

我在冬天画蝉
窗外已北风呼啸

先画高处的眼神
把远方拉近
再画透明的羽翼
风餐露宿后的各种飞翔
至于腹部的五线谱
要让声音嘹亮

画蝉，我不画金蝉脱壳
只画它蜕变后的涅槃重生

2021-12-09

《大风》2022年秋季卷

画蟹

不画它坚硬的外壳
和横行的理由

用柔软的三笔
把它的硬壳涂在纸上
再画笔直的八条腿
抓住八个方向
就算横行也不能让它霸道

要小心勾出一对大钳的尖锐
不能夹到自己

墨分五色，画蟹正好
无非轻点重点

不触碰红色
便不会丢盔弃甲
更不会只剩一个空壳

2021-10-17
《大风》2022年秋季卷

画虾

画虾，不能用色彩
特别是红色
也不能有脊梁
尤其是挺直的那种

须应该长
要自由自在
伸向已知和未知
最好是鱼无法企及的地方

身体必须能伸能屈
钳，要又直又硬
给一身的柔软
细长的力量

2021-10-13

《诗刊》2022 年第 1 期

画鱼

能看到鱼的鲜活姿态
无非是浮游水面
或是被钓被网住时的挣扎
以及作为美食呈现

画鱼的时候
不画它与水的亲密
便画不出它的自由自在

我用画鱼的技法
画鱼头鱼脊以及闪光的鳞片
让鱼尾鱼鳍摆动
鱼一直游

画鱼能画出自己
水下才是自己的世界
只说鱼翔浅底
不谈鱼跃龙门

2021-10-20

画虎

老师说画虎
得画出百兽之王的气势

我见过动物园的虎
打盹溜达晒太阳
皮毛有光泽
脑门上的王字却很淡

凶猛被圈在笼子里
我用几根羊毛
就能把虎按在纸上
拔它的胡子
摸它的屁股
拨弄它尖利的牙齿

照着虎的样子画虎
可上扬的眼角总是下垂
耷拉的尾巴扳不上去
王字始终描不黑

我画的分明是虎

怎么看都像猫

2021-09-03

《大风》2022年秋季卷

虎年画虎

虎年的第一天我想画虎
画一年的虎

先画圆圆的虎头
仿佛正月里的大红灯笼
额头上的王者之气
分明涂着朝阳

虎背虎腰
以及一声长啸
趁着白天画
让虎威在阳光下闪耀

粗壮的尾巴
需要把一根根夕阳搓进去
像金箍棒一样插进黄昏
然后，横扫黑暗

四只爪子踩定四个季节

上山下山

都要威风八面

虎年画虎

只画虎的气象和骨骼

嘴不用张开

但双眼一定要瞪圆

2022-02-07

《大风》2022年秋季卷

画雄狮

握在手里的毛笔
像一根火柴
在白纸上轻轻一划
就有一团火焰喷薄而出

火焰烧过许多地方
比如弱肉强食
比如人性中的阴暗
比如草原和沙漠上的王者

一支笔能画出狮子的火焰
一张纸根本装不下雄狮的威风

江面辽阔
万支船篙仿佛万支画笔
在通红的底版上
绘一幅百万雄狮渡长江

2021－09－11

画猴

画猴的人很多
没人能把猴子画得规规矩矩
易元吉画了千年
猴子依旧手舞足蹈

时间深处的猿人
大多没有猴性
照着画，猴子不生动
历史也容易拧

干脆先画几块石头
镇住纸张
动笔之前当空挥舞几下
让自己先成为猴子

灵动的眼神画回当下
目光不能远
散锋的笔更容易画出毛手毛脚
手臂一定要画长

抓得住树也抓得住天

抓得住所有的一无所有

画猴仿佛是在画祖先

有时，更像画自己

2022-09-22

画鸡

雄鸡叫醒的

不只是童年的黎明

还有少年的第一缕阳光

后来军号声比它嘹亮

直到天光大白

那些昂首挺胸的骄傲

已演绎在操场上的队列之中

如今把它画在纸上

头继续昂扬

尾巴也能翘如山峰

只是鸡冠上的鲜红开始褪色

但那一声啼鸣

依旧能喊醒每一个早晨

2021-09-07

《大风》2022年秋季卷

画锦鸡

我画过一些鸟
比如老鹰乌鸦和喜鹊
用墨色就能画出来
飞的姿势简单

画锦鸡需要大量颜料
头颈腹背艳丽炫目
长长的羽毛
被厚重的色彩压得无法起飞

都说会画锦鸡
就能画凤凰
我一时还画不出凤凰在天
只能先画画人间锦绣

至于锦鸡涅槃
或一飞冲天
还是先卸去华彩再说

2022-02-15

新年，从一只眼睛画起

新年的第一笔
不知道从纸张的何处画起

从正中位置落笔
全年都得围着它画

从左上方起笔
那么右上方该留给谁

不画一只鹰的飞翔
只画尖锐的喙
看它能啄开一些什么

窗外天寒地冻
画再多的桃红柳绿
也会结满冰霜

此刻只有一缕朝阳
还画不出春暖花开

干脆从一只眼睛画起

谁的眼睛，不重要

2022—01—03

从丰收的场景画起

好久没动画笔了
天热，笔尖也流汗
堆在一起的颜料
仿佛已热得无法动弹

昨天的一场雨
涸在今天的纸上
太阳很潮
被抽象成一幅向日葵

我想省略人间的炎热
从秋天画起
把天画得高些
再画一轮圆圆的月亮

如果从丰收的场景画起
我不知道会不会画得
气定神闲

2022-08-19

画十一月

十一月像个过客
记不住陌生的容颜
身影一闪而过

风很善变
从红到白从黄到黑
谁也抓不住
切换本就不需要理由

树叶的喧嚣和沉默
跟着太阳升起又落下
星星从不祭奠月亮
夜是夜的挽歌

给十一月画一幅画
可以涂各种色彩
也可以，什么都不用涂

2022-12-01

画自己

画过不少动物
想尝试一下画人

别人不敢画
就从自己画起

小眼睛一旦画大
眼神都是别人的
鼻子不能塌
要给自己留一座山峰

额头上的皱纹
和两鬓白发
少画或者不画
沧桑不必每根都交代清楚

不画坐着的
不高的个头会更矮
画一个站着的

尽量画出军人的姿态

手掌里年轻的骨折
以及偏高的血脂
不用画，自己知道就行

我努力画出自己的真实
不一定像
但必须是完整的人

2022-12-10

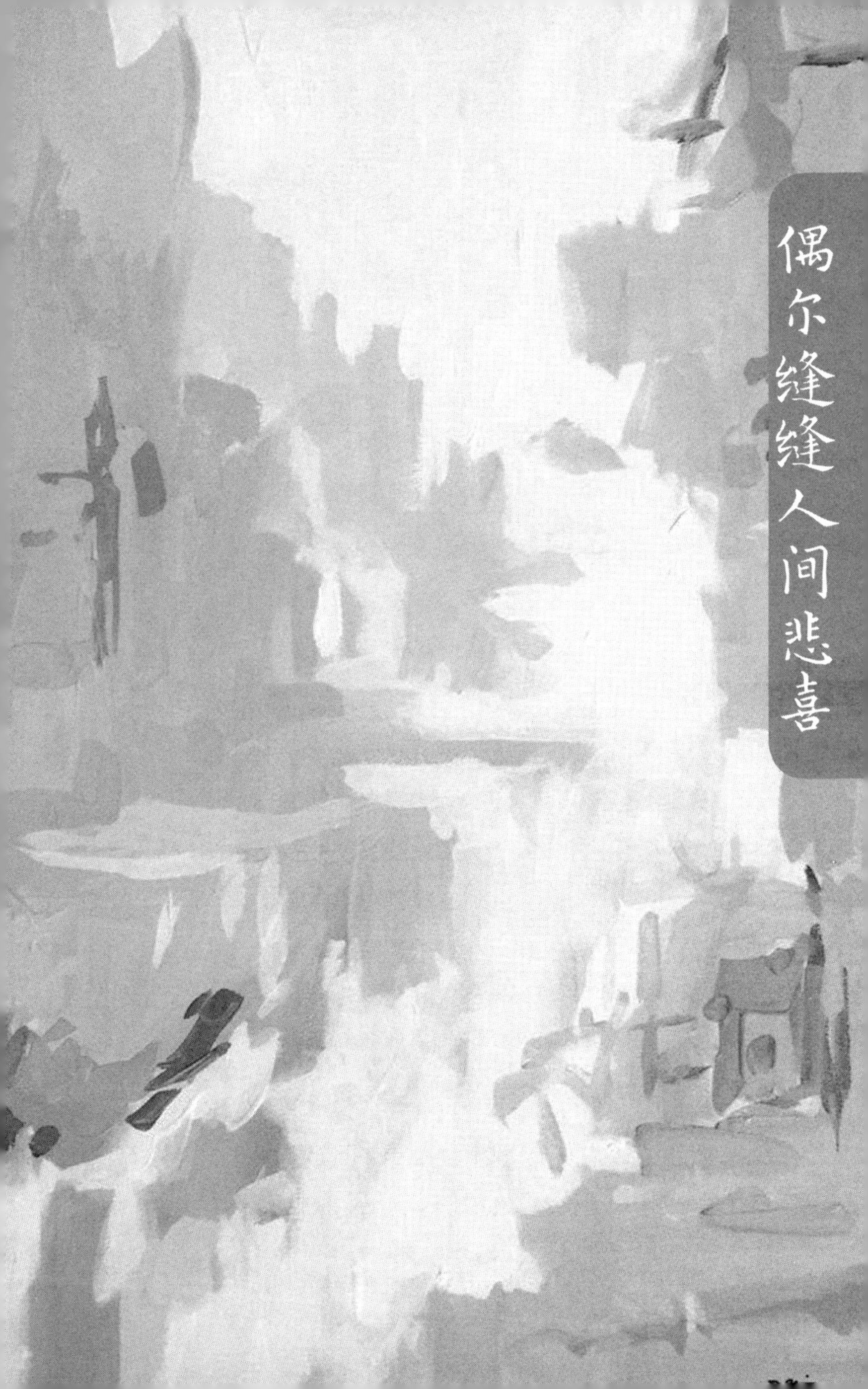

偶尔缝缝人间悲喜

所有的抵达刚刚起步（12首）

所有的抵达刚刚起步

把青春打包带上
然后，出发

话别容易枯萎
天涯并不远
一根枝条太细
让风跟着
用脚踩出辽阔

每片落叶都有自己的去处
天在天上
地在地上
所有的抵达刚刚起步

2022-11-01

秋深如针

秋像一条笔直的路
越走越细
直到细成一根针
穿在天际线上

不缝合被撕破的水面
不缝纫棉袄棉裤
针尖上的冷缝进厚厚的泥土
一针接一针

针太细线太长
偶尔缝缝人间悲喜

2022-10-28

叶的密码

深秋的结语
往往一哄而散

像涌出地铁车厢的人流

转眼各奔东西

来不及抓住每片落叶的神情

我从地上捡起一片树叶

捧在手心

解读它深藏的密码

却意外地看到一张脸

和我一模一样

我想把所有的落叶捡起

把它们擦干净

插进向日葵的花盘

让它们从此紧密团结

一起向阳

2022-11-04

树叶如卒

整个冬天准备粮草

春天的第一声鸟鸣如同号令

万千绿叶
等待春风的检阅

令旗插满肩头
一如戏台上的将军
锣鼓急急响起
麾下便有千军万马

我在树下听戏
头上是密匝匝的队伍
找一片像自己的树叶
小卒般跟着

在阳光和雨水的舞台
做一个龙套
该绿的时候绿
该黄的时候，认真地黄

一片像自己的树叶
春天不用开花
秋天也不用着急落下
一生如卒

不明亮，不黑暗

2020-04-13

我的地理

最初的平坦是水乡
有金灿灿的麦子和稻谷
后来辽阔成海
海鸥飞过无边无际的蓝

水在地图的中央
浸过的地方
一圈圈潮湿
再一点点泛黄

如今只剩下一滴水
砸在沟壑纵横的时间里
成片的白桦林
已不再沙沙作响

如果岁月潮湿

我想把自己泡到水里
掬碎成浆
看看终究会有怎样的图形

2020-07-27

指间烟火

当家乡的炊烟
从梦中一次次升起
我的手指间有了第一缕青烟

从此，烟火不断

身上的烟味越来越重
像厚厚的铠甲
挡得住风霜雨雪
却无法抵抗最细的月光

如今，手指间的烟火
愈发从容
飘过无数山水

将明亮留给自己，偶尔
也给黑暗里的人引引路

2022-07-26

芦苇不荒

用五笔输入法本想敲出芦苇
结果蹦出来荒芜
两个词同一个字根
像一根芦苇长出两个季节

我和芦苇一起长大
小河旁大河边滩涂上
三根五根，一片一片，一望无际
面容都亲切

我是一根行走的芦苇
当芦花枪刺一样
海边的芦苇茂密
风刮不进来

芦苇适合长在记忆里

直到长成芦苇荡

关闭电脑

屏幕上长出一片

闭上双眼

眼睛里长出又一片

2022-11-07

日落运河

夕阳往下落的时候

也扯了我一把

隔着一条河

我捧不住那颗下沉的心

夜色慢慢往上涨

河水无言

两千年的南来北往

任心事流淌

一根竹篙撑不起夜空

一支桨也未必能摇出黎明

站在岸边，我宁愿等

新的朝阳

从脚下长出来

或是顺着河水，流出来

2022-09-28

夜在半空

夜色像一张大网

慢慢下沉

网住高处的山头和烟囱

路灯在夕阳的身后

托举城市和乡村继续行走

没人在意

悬浮在半空的夜

是不是熄灭所有灯光

让夜色沉底

头顶一片青天

星光闪耀，月光朗照

就算一团漆黑

也是对朝阳最深刻的期许

2021-08-18

《鸭绿江·华夏诗歌》2021 年第 9 期

春风善良

掸一掸身上的尘土

仿佛掸去一冬的疲惫

手臂微摆

拌匀落下的阳光

曾经推倒的人和事

一一扶起

像母亲打完孩子

又心疼地亲了一口

眼角的波纹

荡漾年少的慈祥

河水鲜嫩

捧在手心里让万物生长

风筝在飞
麦苗和油菜花也在飞
一根细线
牵出深藏的善良

2023-02-22

冬天醒来

从沉睡中醒来
惺忪的双眼布满雾霾
一个哈欠流下的泪
风拼命地擦

轻轻一个懒腰
盖好的被褥就被掀开
阳光拐过的纬度
人间的场景跟着拐

候鸟留下的天空

雪花不会用来酝酿色彩
土地下的沉默依旧
动物在人们身上又活了回来
只剩下地面上的河流
在一点点咬紧牙关

2022-11-13

油菜花开

每到春天
记忆的田野
总会长出一片油菜花

房前屋后沟渠河边
每朵油菜花都很亲切
一如父老乡亲
灿烂相逢
乡音连出成片的金黄

我跟随一只蜜蜂
在花海里翻飞

却不敢盯着一棵油菜花
长时间打量

记住油菜花
就记住了一生的春天
何必还要记住
一片落叶两朵雪花

2023-03-13

夜钓（8首）

（一）

池塘大不大
水面说了不算
围过来的岸说了也不算

月亮把许多树摁在水里
树把天空拖了进来
鱼一跳，树就晃

沿着河岸
仿佛走在天边

我不急着下竿
钓不到鱼就钓一池秋水
钓不到月亮就钓星星
反正一根鱼线
钓的都是天上人间

2021-08-21

（二）

水面是鱼的天
上面也有星星和月亮
水下看不到
鱼在夜里自由自在地游

我像鱼一样游到水边
架起鱼竿
让鱼饵从天而降

鱼不知道
我在它的天空里，钓它
但我知道，月亮如钩
在我的天空里，钓我

2021-08-26

（三）

夜幕下
我和鱼只隔一层水

鱼线像一根细细的银针

从这头扎向那头

关联着我和鱼

如果鱼不被诱惑

我被什么诱惑

夜色很好

不必架竿放线

守一池沉默

各自安好

2021-09-04

(四)

都说夜晚适合隐匿

我却想从水里钓起什么

成群的鱼醒着

在我身体里游

月亮和星星早已沉入水底

萤火虫是此刻的光明

水面无法倒映我的模样

只有上下的浮漂

有鱼在咬钩吗

钩问线，线问竿，竿问我

我，问自己

2021-09-15

（五）

云像鱼一样

游在天上也游在水上

不沉底也不咬钩

在我脚下打转

我想把这些天去过的地方

做一个标注

时间地点，钓到的鱼

以及云朵的数量

或者找一个宽阔的夜

和未名的河畔

把往事抛入水中打窝

看能否钓上几朵有分量的云

2021-09-22

(六)

雨像从天而降的鱼线

一直在往下放

不知道想钓怎样的鱼

月亮和星星

是暗处的钓者

一旦出门

肯定会被高高钓起

我住的楼层很高

听不到雨声

干脆从窗户把鱼竿伸出去

不钓鱼不钓雨
只钓一个阳光灿烂

2021-09-26

(七)

关闭汽车大灯
夜色潮水般向我涌来
漫过头顶
那一刻，我仿佛也是鱼

明明，我手握鱼竿

看不到鱼竿伸多远
也看不到鱼线扯动的水面
只有浮漂闪动，提示
我和鱼，很近

天空落在水面
几颗星星像鱼一样围着我
不咬钩，只咬我

夜，往深处走
我握着鱼竿不动
但鱼线鱼钩却在酝酿
如何钓起一轮红日

2022-05-02

（八）

钓鱼的人布满河边
架起的鱼竿像伸向河里的树
河岸被加固
水面被再次压缩

水下依旧宽阔
鱼自由自在
天空里树影婆娑
都是它们的斑斓生活

水里的树也是钓者
它们不钓鱼

只钓水面上的日月

和散落在人间的欲念

2022-04-11

《天津诗人》2022年春季卷

新疆行（5首）

赛里木湖

到了赛里木湖
相机无效
眼睛直接拍摄
白和绿只是渲染
蓝才是刻骨铭心的部分

天山用千万年的提携
把这湖水拎到如此高度
湖面上的天空
比天空更像天空

大西洋最后一滴眼泪
只冷不咸
有阳光就澎湃
波涛比海更加汹涌

我的青春在海里浸泡多年

攀附到如此高度
不敢激荡
近处的雪山提醒我
一头白发的冷静

2023-05-29

那拉提草原

到了那拉提空中草原
人不知不觉地有了高度

蓝天白云，草原雪山
还有野花和溪水
同框而出
仿佛四季可以合在一起

沿着地毯似的山坡往上
人间的事都会融化成绿色
似乎走一步
脚下的绿就深一层

如果一直走
不一定走出四季
但一定能走进天空

2023-06-15

伊犁河

我认识的江河
全都迎着朝阳流淌
只有伊犁河
追赶夕阳

河水里有雪，很冷
但往事鲜红
一条长丝巾拖住红日
让麦浪两岸翻卷

雪山是另一条河
与天空平行
河水并不湍急
伊犁河喜欢这样的安详

我从头上薅下一根白发
捧在手心的小河
能否跟着一路向西
把夕阳拴住

2023-06-06

坎儿井

坎儿井不是井
是一条条小河
像人的血管
在吐鲁番的黄皮肤下流淌

偶尔缝缝人间悲喜 233

天山不在天上
只要人间温暖
它的话就滔滔不绝
坎儿井是最忠实的听众

顺着山坡起伏
人们背负两千年灯光

在木棍横断面上挖，一锹一镐
直到把自己的身影刨出水

竖井用来采集光明
暗渠输送日月
明渠的波光
在涝坝里闪耀成绿洲

喝一口坎儿井的水
能喝出博格达峰的章回
在嘴里，清凉
咽下去，浑身滚烫

2023-06-16

夏塔古道

夏塔的木栈道
走起来平坦
却无法踩出历史的坑坑洼洼
反倒是牛马走得悠闲

雪山是路标

洁白的方向始终没变

一路有冰川溪流野草鲜花

需要用脚走出阶梯

当年赶路的人

留下一路的景色

现如今人们只看风景

没人在意脚下

也许一场大雪以后

道路会更加宽畅

只是谁能认出这条古道

最初的模样

2023-06-28

某非代词（7首）

某年

不必具体到哪年
历史的章回里找不到
不妨把日子往后翻

某年像一张网
网不住水面上的星光
但能打捞起
活蹦乱跳的收获

风值得提起
天空和地面被打扫干净
留下春夏秋冬
还有人间烟火的喧嚣和喑哑

某年只是个方位
记住南北

不需要再问西东

2022-10-05

某月

早春散发的烟花很写意
月份换成动词
荷花命名过的夏天
雪花不能直接用

不需要一个生动的具体
似是而非也很清晰
三十个日子
未必有三十个太阳

月亮圆过一回就够
都在天上
人间的日子
大多需要兜兜转转
走走，停停

2022-10-07

某天

大抵是在迟暮的秋天
没有风也没有雨
阳光刚刚好
天空很旧
没有往事的云

一棵树望向远处
腰有些弯
枝头上的鸟鸣
唤不醒打盹的树影

顺着树的目光
一抹夕阳
歪歪扭扭地走在山的背脊上
像喝醉一样

这一天
太阳画了半个圆
剩下半个，得自己画

2022-10-09

某时

一天有多少时辰

何必在意寅时卯刻
有完整的太阳出来就好
夜是弹性的尺
能把星星从头量到底

天黑前我来到人间
那一刻夕阳正红
母亲的脸更红

记住夕阳下的母亲
就记住了自己的生辰
但愿被晚霞晕染过的人
一生都红

2022-10-11

某地

海水江水湖水河水都好

总能把自己流平

就像一条小小的沟渠

照样放牧童年

要有房屋但不是高楼

平房刚好

头上是天脚下是地

一根烟囱

每天都有炊烟

门前有一两棵桃树

不用开花结果

每根枝条

都是真正的桃木

田野继续辽阔

风可以从四面八方来

只要不往土里钻

我就把它当作故乡

2022-10-10

某夜

天黑以后
风被一点点抬高
几粒星光无法点亮
沉默是另一种黑

没有蝙蝠能飞过黑夜
像一棵树站着就好
顺便把自己的阴影收回体内

月亮自顾自地圆
我只等又一轮太阳升起
把一夜的沉默
扔在地上

2022-10-20

某人

人潮涌动的时候
浪花很难留下清晰的面容
除非沙漠里的胡杨
把自己雕刻成自己的碑

照着碑文临帖
或是刻成一枚印章
加盖到自己的一笔一画之中
偶尔也会在诗行里跳

墨色让笔尖平静
能划出横平竖直的坐标
却无法标注似曾相识
像流星划过夜空
留下一闪而过的疤痕

2022-10-09

《诗林》2023 年第 1 期

回家的列车（9首）

回家的列车

2016年1月8日
星期五，周末
我乘坐 Z51 次火车
回家看母亲

火车感冒似的
一个喷嚏接一个喷嚏
鼻涕和泪全打在我的身上

我在回家的路上
母亲却已转身离开
两条路，一条在地上
一条在天上

凌晨到家
天冷，家里更冷
四处冰凉

我的胸膛焐不热
地上烧的火也烘不热

1 月 12 日
我离家返京
呜——
火车拖着长长的哭腔
启动向前，一直开
仿佛只有前方没有归宿

　2023-01-09

母亲的梅花

七年前
一场风雪
天被掀在地上

母亲头上插的花很鲜艳
引来一群蝴蝶
身上落满了翅膀

雪地里没有脚印
天空飞出一道彩虹
我第一次知道
母亲会飞

雪花在我眼睛里飞
挑一朵捧在手心
等她开成梅花
再拓到石头上

2022-12-26

母亲站过的地方

很久没去王府井了
那里站过母亲

母亲的笑容
映衬着王府井的繁荣
我拍成了照片

如今母亲站在千里之外

站成一块石碑

整整七年
母亲站过的地方
我只能跪着

2023-01-05

寒夜，我手捧一朵腊梅

落日后的夜色
零下二十度的深刻
我体内的河流
仿佛一条长长的玉带
冰一样的白

一颗星星喊不醒太阳
三十六度的一滴血
却可以育出数枝花开
当寒夜埋葬一切寒冷和黑暗
我只想手捧一朵腊梅

寻找生养我的太阳

2021-01-08

父亲的芦苇

又一次回到故乡
赶上端午
河边的芦苇正值青春

父亲手握夏天的风
芦苇一样左一撇右一捺
我跟着工工整整地写了很多年

芦秆的短笛响起
父亲吹来一排朝霞
我骑着一片芦叶向阳飞

记不清的冬天
芦苇老成瘦瘦的黄昏
黑下去的腰再也扶不起来
芦花散落一地，像雪花

河水还在向前

不知道沾满米香的粽叶

能否重新生根

长成一片芦苇荡

2020-06-21

昨晚很晚

昨晚很晚

父亲走过来

一改慢条斯理

让我把锅里的骨头汤留下

说过年用来烧菜

我第一次见他说话嘴上有油

父亲兴致很高

我说给他买件西装

他说，隔壁有个裁缝

做衣服合身挺刮

刚好过年穿

他穿衣服不喜欢皱皱巴巴

我想不起隔壁的裁缝
眼下是农历七月
离过年还早

月亮很圆
我掀开身上的月光
却被父亲给我重新盖上

2021-08-17

父母走后，我开始写诗

家门前的那条小河
从未停止过流淌
往事流走以后
只剩下老屋

水面上的波纹
泛着父亲的背影
一本诗集装不下

小舟划过母亲的叮咛

诗比河长

父母走后，我开始写诗

从最初的乳名写起

蘸着河水写

接着再用海水

直到写出一声高一声低的波纹

最后朝着天空写

看能不能写出大片云彩

2022-07-13

一杯酒以后

绵长的酒线

像扯不断的乡愁

酒花泛起

波浪开始叩击我的岸边

端起一杯酒

不只端起一种张望

只想闻一闻

稻花香高粱红风吹麦浪

酒杯里的月亮很小

抿一口就抿掉了一半

一杯下去，月光满腹

不用千里跋涉

瞬间就能回到故乡

2022-09-03

莲花正开

除了这么冷的天

我们还应该记住什么

枝头空着

梅花没有来

屋檐下的冰凌

挂不到城市的楼上

太阳在湖面上滑行

记忆站不稳

只有水下的轻声荡漾

一如莲花正开

2022-12-22

每月一诗（12首）

一月的风

这风刮得有点含混
像一位口齿不清的老人
只说过往不说未来

明明往天上刮
偏偏朝下钻
太阳明晃晃地照着
冷热却旋转不定

我在风中站定
脚下的风归脚下
头顶的风归头顶
两边的风劈成楚河汉界
让北方的风向北吹
南方的风向南刮

2023-01-31

二月的雪

依旧晶莹剔透
依旧洋洋洒洒
略带歉意的温和
一如妙龄少女的姗姗来迟

雪花开过的地方
一片一片地白

我想堆个雪人
聊聊阳光下的事情
不知为何
她竟哭成了一个泪人

2023-02-06

三月的白洋淀

三月，白洋淀似乎还在入睡
早醒的是水

像一位勤劳的母亲

升烟煮出朝阳

又转身哺乳岸边的花草

以及水面上的春天

野鸭们在水的怀里低头忙碌

像极了秋天的农民

脖子弯成镰刀

收割水下的庄稼

我坐在水边

夕阳剪出细长的影子

跟着近处的水往远处流

天边很近，烟花很远

全是水的样子

2023-03-16

四月，雨的叙述

清明回到家乡

父母在雨中等我

慈祥是石碑上的湿润

言语被雨水打湿
跟着河水流淌

成片的油菜花低着头
像扫墓的人
扎堆跪拜在雨中

身边的火光
仿佛掉在地上的太阳
把雨烤得滚烫

2021-04-08

五月的云

不必仰视
头顶上的云会自己掉下来
落在你的肩上
轻轻一弹，故事一串

或高或低的喋喋不休

常常被风带走

当一声雷炸开翻来覆去的心事

才明白天空在高处，看它

美丽的变幻

始终无法扎根

或许把自己浓缩成一块石头

可以挂在天上

2020-05-26

六月的雨

和五月的雨不同

音调下滑

嗓门没那么大

话里话外啰里啰唆

雨一直在下

阳光也是通透的雨

河水适合回忆

流走的部分已流走
轰开春天的那声雷还在
回荡，天空的裂痕
不在意雨点大小

跟着六月的雨向前
湿透的衣衫
可以挂在彩虹或圆月之上
也可以挂在
雪一样的白云之上
等着，一点点风干

2022-07-05

七月一日零点

子夜的钟声
像报纸的中缝
把年折叠成上下两半

上一版的文字密不透风

装不下鸟语花香

只有殷红的雪花飞进飞出

空着的下一版

我想填一朵荷花和一池荷塘

或是几粒稻谷和桂花

枫叶可以不要

但必须有几朵梅花挂在左上角

让它从这一年

香到下一年

2020-07-01

回望八月

八月是一口大锅

煮着夏秋两季

掀开锅盖

阳光雨扑面而来

热浪把我推出去整整两月

十月，柳条更瘦

挂不住雨水

只能甩动更大的秋风

站在落英缤纷的树下

我向八月张望

是谁向炉膛里添加了柴火

却忘记抬头

看一眼枝头的霜花

　2021-08-05

在九月的结尾处

九月有多少文字

包括多少章节

没细数

只是结尾处

挂着月牙似的逗号

山是一章水是一章

雷和电是一章

风吹过的田野也是一章

那些密匝匝的文字

九月装不下

桂花稻花米兰花

花香溢出九月的文本

枫叶的红袖

早已舞向明天

月亮和太阳叠加的圆

像一个加固的句号

锁住九月的尾声

却无法拦住奔向十月的锦绣

2020-09-30

我在十月种自己

一棵树脱下细碎的夕阳

给我披上

我成了另一棵树

把十月踩一个坑
刚好种自己

落叶舞动黄昏
像是不停地给我培土
风一声高一声低
霜花恰到好处

让枝头继续向上
根系往下长
不为撑起一个夜
只为等一场雪

2022-10-24

十一月的月

十一月的开场是月亮
从地上捡起枫叶
雪白的红
鲜红的白
直到太阳升起来落下去

句号似的月亮才裹上纱巾

把门轻轻关上

风像一把锋利的剪刀

偷偷裁走半个

剩下的月亮手脚偏凉

抱不住太阳

2020-11-30

十二月的天空并不低

2022 年只是一张纸

轻轻一翻

抖落下来许多文字

在风中弥漫成雾

田野还是那片田野

庄稼按照自己的季节生长

大江大河继续流

向东，向西

只有天上的水往人间灌

天空并没有低
太阳一如既往地升起落下
所有的夜色都好
一旦被抻得有点长
人间的火便往天上烧

所有的奔跑步履蹒跚
春天的事容易忘
疼痛也许漫不经心
但风会铭记
尤其是冬天的风

站在纸上的鸟
不是麻雀就是乌鸦
我想赶走它们
披一身金秋，向阳而行

2022-12-31

我想牵一匹马去海边（12首）

我想牵一匹马去海边

大海留给陆地的遐想
比海岸要长
沙滩上贝壳的光阴
闪烁着海水曾经的拥抱

潮水一如既往
浪花上的青春一如既往
我已跟不上那声汽笛
在海的中央翻滚

此刻，我想牵一匹马去海边
追回记忆中的那道波浪

2021-07-29

牛轭港

细长的港湾
水浅得只剩宁静
胸口的岛挡着外面的波涛

说是牛轭
我却更愿意说是弓
绷得满满的

弓背上泊着快艇，像箭
我把青春搭在箭上，六年
一直瞄向海疆以外

二十多年过去
箭还在，依旧闪着寒光
而我已恍惚
只清晰地记得
那里叫牛轭港，像弓

2019-12-27

南田岛

用二百六十七个日夜
育一块石头
长成一座小岛

岛上有许多年轻的石头
海浪一敲
发出钢板的声音

肩膀是血性的龙骨
把风一劈两半
一半对着海，一半追着海

岛在海上行走多年
我仿佛还是一块石头
没有海浪
如何也敲不出当年的声音

2019-12-30

石浦港

三十多年前
山路的尘土是最好的向导
一番盘旋
落在鲜咸的石板路上

东门岛大乌礁南田岛
像三个壮实的汉子
扛住港外的风浪
港内水面平静
鱼和海鸥飞来飞去

大铜钱只是一枚硬币
立在水的中央
看过往船帆
披金戴银

铜瓦门窄窄的门缝
海水拥挤荡漾
水兵帽上的青春
一根飘带拖出无数浪花

那时的舵轮
如今还在手里
往左打，岁月平静
往右打，波涛继续汹涌

2021-07-31

长涂岛

海中间的一条河
把长涂岛切割成两块
大的不大，小的不小
都在海的怀里

河面广阔安详
一根根桅杆连着海天
多少渔舟唱晚
都是河里的故事

灯塔在河的两端把守
拦下奔涌与澎湃
让海水在河的守则里流淌

无论海上掀起多少滔天巨浪

海里的河

总能一如既往的安静

是河的形状绑着海水的激情

还是海水心甘情愿地做一条河流

被分在两岸的岛

一定有话要说

2020-04-30

《草堂》2021年第6期

东钱湖

当湖与海有了关联

会比别处更加波澜壮阔

那里不是军港

却战旗猎猎

海魂衫从湖水中央走出

带着深蓝的气息

湖面上驻泊着无数的岛屿
在一个叫南田的小岛上
我看到了
湖水和海水正交替地拍打
那朵叫青春的浪花

2019-12-25

水兵

兼致八一建军节

从一条小河出发
经长江奔大海
用一路的水把自己浇成一个兵

水兵帽像湖水里的月亮
戴在头上有水往下滴
两条飘带仿佛瀑布
把铁锚泻在肩上

甲板上的铿锵

能踩平所有的波涛

海岸线再长

也只是海魂衫上的一条水印

水做的浪花

年轻时披在身边

如今，全都落在头上

　　2022-08-01

缆绳

当螺旋桨和帆停止说话

才有或粗或细的表达

柔软始终向前

蜷缩只配合劈波斩浪

靠港才能大展身手

划过半空的一瞬

像一只大手

抓住港口和码头

一把揽在怀里

牢牢固定与陆地的关系

从岸上撒出去

可以拉回漂泊的船

从船上撒出去

能把陆地拉过来

走在海边

总想撒出一些缆绳

把那些散落的岛屿

一个个全拖回来

2022-05-29

铁锚

悬挂在船艏

有了更为辽阔的视野

经历过的惊涛骇浪

只是眼里的浪花

张开的手臂
从未抓到过一缕夕阳
只有皓月当空
才在半空中捧得几许月光

向前的孤独
总是高高在上
奋不顾身的一跃
才能惊起生命的波纹

沉底的铁心
抓住黑暗里的柔软
让船像一枚风筝
漂在平静的天空

2022-05-30

螺旋桨

一出生就在最后

和船头差一根龙骨的长度

努力向船头靠近

船向前

它却在原地打转

船头把海面分开

它就迫不及待地合上

一条洁白的哈达

像是自己献给自己的绶带

对于船头的遐想

一直都在

却忽略了倒退时

自己也能把海一分两半

2022-05-31

龙骨

船的秘密力量

平行于天空平行于海面

水下的沉默
像笔直的隧道
扛起无数崇山峻岭
至于那些风云际会
只浇铸在钢铁的骨质里

如果我是一条船
身体内也长着龙骨
航行多年
不知还能不能摸到陈年的波涛

2022-06-10

舵

水下的门
不看日升月沉
只对水迎来送往

不用大开大合
一个虚掩
水都会改变走势

螺旋桨喧嚣出的浪花

散落在门框之上

舵轮转动的指令

或风平浪静或巨浪滔天

门开门关

只为绕过暗礁险滩

一条船需要方向

水下的门看不到前方

却决定着前方

2022-06-28

清明只是一抔土（7首）

清明只是一抔土

盖的楼越高
离地面就越远
顺着城市的钢筋铁骨
我的河水往上流

油菜花依旧年少
在沉底的乡音里一路奔跑
烛光照不到的地方
尘土卷起

柳条目光低垂
雨丝一样飘在清明的怀里
河水穿过老屋
收藏一路的鸟鸣

手捧起一滴水
让月亮住在里面

或是抟起一抔土

塑一个太阳

不承想，手里竟长出

湿漉漉的油菜花

2022-04-07

清明无雨

清明没有雨

再好的阳光也唤不醒

土地下沉睡的语法

和枝头里的词汇

燕子衔着一片云向南飞

风追不上

田野一声轻叹

顺着河水向北流

天空很低

一伸手就能抓到

却没有云

如果有
我一定会把它拧出
滂沱大雨

2022-04-13

写清明

清明是怎样的日子
没有确定前
不知道写什么

写天，却不能写云
万一把云写黑了
就会有雨

写地，却不能写土
万一把土写重了
捧不起来

写写人间
又不能写烟火

一堆堆的火烧的是天

干脆什么也不写
就写
清明，两个字

2020-04-03

母亲节这天

母亲节这天
大家都在为母亲过节
我却在空旷的十字路口等母亲
等来一场雨

气温随雨而下
一朵花不停地颤抖
伸手摸了摸
比母亲的身体还凉

双手合成一座小山峰

雨水顺指缝往下流
像四条瀑布
流向东南西北

2022-05-09

父亲节前夜

一场雨
下在父亲节的前夜
看不清雨线
也看不清周围

手中的伞我没撑开
任雨水打湿全身
我不想让自己的头顶
没有天

2022-06-19

中元节

天低得抬不起头

拎不动太阳也拎不动月亮

夜色加重后

天空掉在地上

地面上一团团火

像无数个翻滚的太阳

我不希望天空升上天空　　　　

万一有雨

打湿太阳不说

还会把月亮也冲走

2022-08-12

冬至夜，我扶不起自己的影子

冬至把白昼压得又细又短

像少了烟丝的卷烟

简单地抽上几口

烟头就已熄灭

弥散的烟雾加重夜的成色
把十字路口一堆堆火压得很低
火苗无法上蹿升腾
地面滚烫，半空很冷

月亮被冻成一把弯钩
钓不起人间火焰
也钩不住贴地的思念

夜很长却不辽阔
天空不高，天边不远
一伸手都能摸到
只是夜色太瘦
我担心扶不起自己的影子

2020-12-23

湘西印象（6首）

湘西印象

湘西山多凤凰也多
飞走的飞得很远
留下的继续飞

山崖上的芙蓉镇
拖着飞流直下的烟幕
诉说酉水河
千年一叹

沱江一旦飞翔
凤凰古城就会穿过烟雨
领着成群的吊脚楼
一起飞

芷江不是江
却总是舞动欢庆的浪花
七十多年过去，飞虎队在飞

机场托举的历史也在飞

黔阳古城和洪江古商城
镶嵌沅江两侧
早晨水面升起的薄雾
每天抬高古城起飞的高度

通道也是座城
左翅古田右翅遵义
一次空中回旋
红色的土地大面积起飞

一把火烧了五亿年
把海底烧成山峦
红石林的石头
带着群山飞

在湘西的烟雨里
我还看到无数的凤凰在飞
如果可以，我想跟她们一起飞

2019-11-05

烟雨凤凰

深秋的雨
打湿了凤凰古城
我在阴冷里等候三天
没见到凤凰

临走前，我抽了一根
凤凰香烟
吐出一只凤凰

凤凰越长越大
一城烟雨
在我身体内
盘旋出又一只凤凰

2019-10-27

芙蓉镇

酉水河的酒
无法灌醉它的清醒

悬崖边一站千年
仿佛土司模样

三条瀑布滔滔不绝
一年年，不改王村的姓名
却抵挡不住一碗豆花
灿烂一笑，从此叫作芙蓉

花的名字
有了花的剧情
无数爱花的脚步
踏一路山水而来
小镇从此花开四季

2019-10-30

红石林的石头

在海底没成为高山前
懂得在黑暗中坚守
把想说的刻在身上
让那些刻痕，比本身更硬

五亿年以后

你们以石林石崖石墙石峰的名义

排立于山上

让通红的叙说，闪亮

并在每一个清晨

一起喊醒太阳

2019-11-01

黔阳古城

比身边的古城都老

老出该有的安详

不需要时光给它焗油补妆

并不硬朗的身体

不喜欢嘈杂与晃动

丁字形的道路

守着九街十八巷的宁静

河水从三个方向搀扶它的老迈

潕水不舞清水不唱

沅江上的薄雾

蹑手蹑脚往上升

红灯笼每晚照着

青石板上的旧时光

不必追忆

一片冰心早在芙蓉楼的石碑上

我轻轻地走进

悄悄在留下

2019-11-04

芋头侗寨

鼓楼拄着拐杖

迎候在山寨门口

笑容和岁月刻在脸上

上山的台阶

桂花铺得到处都是

一步一个音符
侗族大歌在风中悠扬

鱼塘里的锦鲤
摆动生活的红火
把干栏楼里的火塘
燎得古色古香

穿过身体的溪水
无法清洗木墙上的往昔
像山的素颜
在浮华之外打坐

2019-11-02

诗人的墓碑（2首）

（一）

诗人都应该有一块墓碑
正面得有姓名
笔名也行
照片和生卒时间可以没有

背面必须有诗
不要太长
一句两句就够

墓前不一定要有祭品和花
但要有阳光
月光也行
诗不能黑暗

墓旁有一棵树更好
树上站一两只乌鸦或喜鹊
看人来人往

2020-08-05

（二）

石头上的名字石钎凿不出来
得用诗凿
石头疼一下
名字深刻一下

如果有声情并茂的朗诵
石头会笑也会哭

石头下的墓冢不用大
放下几本诗集就好
不行就放几首诗
最好是手写体

属于诗人的墓碑
大多活着
只要碑，不要墓

2020-08-13

当沙尘灌满春天（3首）

（一）

沙尘暴像一摞泛黄的鸿篇巨制
一旦翻卷开来
那些埋藏于历史深处的
金戈铁马，大纛旗飘扬
不过是把黄天厚土
掰开了，揉碎了
告诉我们一些来龙去脉

黄土是脚下的黄土
悬浮人间，人间厚重
飘到天上，就有不少脚步追随
在纵深目光里
一粒尘埃清澈如许
土地上的土是我们的出处
土地下的土是我们的归途

2021-03-17

（二）

每一粒沙土
都有一段前尘往事
一旦撩拨开来
喧嚣便铺天盖地

没有刀光剑影
昏黄的狼烟将古今混为一体
双眼无法看向远方
也看不清近处的生活场景

世界一点点模糊
又一点点清晰
我仿佛看到土地腾空而起
历史轻轻落下
一如无数个自己在眼前飘荡

2021-03-29

（三）

不必探究
一场沙尘暴的前世今生
无非是大风过后
尘归尘土归土

当沙尘灌满整个春天
我不希望用一阵风来总结
也许满身尘土
才是季节里的行走

脚下的厚土依旧在脚下坚定
托举我并不辽阔的天空
期待一道闪电
劈开混沌与苍茫
用滂沱大雨让尘埃落定
然后，花认真地开
天继续蓝

2021-05-08

代后记

最想说的几句话

2019 年，我出了第一本诗集《蓝曜》，圆了三十年的梦，没想过再出第二本。

2024 年，我该退休了。

退休之前，我一直在想用怎样的方式告别过往，想来想去还是用一本诗集最合适：纪念十八岁离开故土，纪念二十三载海军生涯，纪念十九年税务工作。只是一本书，装不下太多的人和事，就连自己的一声感叹也装不下！

四十二个春夏秋冬，一万五千个日升月沉，一路奔波，悲喜同行，无谓成败，不说是非。唯有这满身风霜，才是最好的标记。太阳升起总会落下，无非在天空画半个圆，另半个，咱们接着画。夕阳正好，夜色渐浓，一本《寻常阳光》，是又一次奔赴，无非"换种泳姿向前游"……

在整理近五年的作品时，我发现自己喜欢"成套"写作。比如，人物系列刚开始写了几首，后来觉得既有意思也有意义，越写越多，就写成了系列。这也是我一直关注的点，之所以把视角对准这些普通的小人物，是因为我觉得每一个鲜活的形象都闪耀着人性的光芒。本想写一百首，但写到七八十首后，的确写不下去了，主要是没有时间进行深入的体验和探访，如果非要生拉硬拽地写，肯定浮皮潦草。既然达不到"百人"，那只能是有几个算几个。学画系列，也纯属意外。前两年受疫情影响，哪里也去不了，干脆跟着老师学画画。没想到的是，每画一次就有一次写作的冲动，写着写着越写越多，最后一统计，竟然有六十多首，画没怎么画好，诗倒是写了不少，也算歪打正着吧。每一首诗既在画里又在画外，似乎每画一笔，都有不一样的人生体验和人生感悟。虽说这两个系列都没有达到百首，但至少证明我能坚持在"一条道上"往前走。另外一些作品也是这样，通过生活中不同的点折射出不一样的面。比如《夜钓》，刚开始写了一首，后来出去夜钓一次就写一首，最后竟然写了八首。再比如，《某非代词》，刚开始写了一首《某时》，结果把某年某月某天某夜某地某人全写了出来。所以，本书共收录二百余首作品，第一章为"人物"系列，共有五十余首，第二章为"学画"系列，共六十余首，第三章为"组诗"系列，共八十余首十一组，作品大多被诗歌杂志刊用。

当然，我最想说的还不是这些，而是另有话说。

第一句是感谢所有的遇见！十八岁离开家乡以后，从上海到大连，从宁波到北京，一路走来，遇到的大多是穿军装和着税服的人，既有将军也有士兵，既有领导也有职工，还有保安保洁，每张脸都值得记忆，每双手都值得紧握。这些生命中的遇见，都是上苍的安排，是否有过同行不重要，哪怕是擦肩而过，甚至那些给我带来麻烦或灾难的，都是最好的遇见。除此以外，还有许许多多的遇见，诸如朋友、诗友、车友、邻居等，都是很好的财富，充盈着我的人生。至于我的亲人，不用谢，因为本身就在我的生命之中。

第二句是感恩所有的帮助！感恩当新兵时的连长指导员和班长们，感恩五三一五艇的艇长指导员和战友们，感恩大连舰艇学院所有的师长和同学们，感恩快十六支队的领导和同志们，感恩二零四大队三中队的搭档和战士们，感恩海军政治部的首长和同事们，感恩北京税务局的领导和同人们，正因为有他们的帮助，我才能走到今天！当然，能出这本诗集，我要特别感谢两个人，一个是我的好大哥周庆荣先生，他不仅有力透纸背的文字功力和格物致知的尖锐目光，更重要的是他经常俯身以教，我每每遇到困境，他总是鼎力相助。还有一位是我的师父孙思女士，其思，诗；其诗，诗；其言，亦诗。几乎我的每一首作品，都得到过她的指点。还有一众诗友，如李犁兄、陆健兄、五昌兄、恩鹏兄、海茵妹等皆给我以指导帮助，一并谢过！

第三句是感激所有的善良！善良是人间最亮的灯火，能温暖并照亮在寒夜中行走的人们。记得我曾经写过一首诗叫《春风善良》，"眼角的波纹，荡漾年少的慈祥，河水鲜嫩，捧在手心里让万物生长"。其实，不只春风善良，夏风秋风包括最冷的寒风也都善良。就如这大千世界的芸芸众生，每个人的内心都有一份善良一份暖，正因为被善良包裹，我才能步伐从容，才能平顺地走过四季，走过一个甲子。何其幸哉！过往不远，人间值得。感激善良，感念包容，当这本书面世后，真诚希望每一位读到的人能给以最宽厚的微笑。

人生如卒，不妨一起向前。

2023 年 11 月 16 日北京